KB167468

그림 박경효 2020년

먼구름
한형석

정 재 운 지음

먼구름 한형석

1. 우리나라에도 오페라가 있었다고?

어떤 노래를 만나다,
나보다 백 년 전에 태어난 사람이 지은…

'가까운 구름 말고 저기, 저 먼 구름…'

꼭 무얼 닮은 모양인데, 그 무엇이 대체 무엇인지 얼른 떠오르지 않았다. 유안이는 눈을 꾹 감았다. 이렇게 와락 게워낼 것 같을 땐 눈을 감아야 하는지, 먼 하늘이라도 올려다보는 편이 나을지 모르겠다. 아빠는 유안이의 작은 뱃속이 더는 출렁거리지 않도록 속도를 줄이고 또 줄이며 조심조심 핸들을 돌리고 있었지만, 그렇다고 폭이 좁고 경사진 길의 한복판에 차를 세울 순 없는 노릇이었다.

"유안아, 조금만 참아. 다 왔어."

이미 충분히 참고 있다고… 아빠에게 말해주고 싶었지만, 지금 유안이는 그럴 기운조차 없었다. 감은 눈꺼풀이 파르르 떨렸다. 그나마 열린 차창으로 들어오는 시원한 바람이 계절을 잊게 만들었다.

"에어컨보다 시원하지?"

아빠는 에어컨을 끄고, 반쯤 내려간 차창을 마저 내렸다.

부산 서구 먼구름 한형석 길

바람은 에어컨보다 차지는 않지만, 좀 살 것 같은 기분이었다. 살 것 같다는 생각이 들자마자 유안이는 엄마 생각이 났다.

'엄마가 있었다면… 엄마는 무조건 내 편이니까 어떻게든 해결해 주었을지 몰라…'

아빠도 내 편이 아닌 건 아니지만, 아무렴 엄마가 보고 싶은 내 마음까지 채워줄 순 없다고 유안은 생각했다. 그러자 눈두덩이 점점 데워지더니, 거짓말처럼 눈물이 차올랐다. 또르르, 소리라도 날 것 같은 눈물방울이 뺨을 타고 흘렀다. 유안이는 스스로도 깜짝 놀라 아무도 알아차리지 못하게 머리를 흔들었다. 방울방울 작은 눈물방울이 흩어졌다. 아빠가 알아차리기 전에 얼른 눈가를 훔쳐버렸다. 그런데, 아빠가 옆자리의 유안이를 슬쩍, 또 한 번 슬쩍 본다.

"유안아, 잠시 세울까?"

유안이는 다시 하늘을 올려다보았다.

"아니, 그냥 콧물이 나네."

가까운 구름 말고 저기, 저 먼 구름…

먼 구름이 엄마를 닮았다.

"도착했습니다!"

아빠가 유안이를 내려 보며 환히 웃었다. 그런데 유안의 얼굴엔 미소가 떠오르지 않았다.

"여기가 어디야?"

유안은 어쩐지 뿌듯하다는 듯한 얼굴을 하고 있는 아빠를 올려다보며 주위를 두리번거렸다.

"아빠, 극장은 어딨어?"

"저기!"

과연, 아빠의 손가락을 좇아 눈길이 도착한 곳에 극장이 있을까? 유안이 소리쳤다.

"저기는… 저긴… 그냥 집이잖아!"

멀미까지 참아가며 찾아온 곳이 겨우 이 모양이라는 사실에 유안은 실망했다. 아빠에게 속았다는 생각조차 들었다. 유안이는 지구 반대편의 아름다운 항구에 위치한 '시드니 오페라하우스'나 사진으로 본 적 있는 밀라노의 '라 스칼라 극장', 파리의 '가르니에 극장'을 떠올리고만 있었다. 거기 비하면, 도로변에 자리한 저곳은 유안이의 말처럼 정말 '그냥 집'에 불과했다. 아빠는 폭소하며 딸아이의 머리칼을 헝클어뜨렸다. 불난 집에 부채질한다는 말처럼, 그건 유안이가 제일 싫어하는 행동이었다.

"하지 마!"

앵돌아진 유안을 보고도 아빠는 웃음을 거두지 않았다.

"나 갈래!"

"저기 봐봐, 뭐라고 쓰여 있지?"

"자유… 아동… 극장?"

자유아동극장 터

"어때? '그냥 집'은 아니지?"

믿고 싶지 않지만, 극장이 있던 자리는 맞나 보았다. 그러고 보니 한국 최초의 오페라 '아리랑'이라는 글씨도 눈에 들어왔다. 유안은 아이들의 천진한 발길과 음표 모양을 본떠 만든 간판을 올려다보며, 또 다른 글귀를 천천히 따라 읽었다.

"독립운동가, 먼구름 한형석?"

유안이는 눈을 깜빡이며 양 주먹을 접었다 폈다. 처음들어보는 이름인 저 선생님은 유안이보다 딱 백 년 전에 태어나신 분이었다. 그러니까 먼구름 선생님은 1910년에 세상에 나셨고, 유안이는 2010년생인 것이다. 유안이의 다 사라졌던 호기심이 조금 살아났다.

'나보다 백 년 전에 태어난 사람은 어떤 노래를 만들고, 또 불렀을까?'

우리가 기억한다면,
영원히 살아 있는 거야

유안이는 '백 년'이라는 시간을 떠올리자 까마득했다. 축구를 좋아하시는 아빠는 가끔 유안이가 태어나기도 전에 있었던 월드컵 얘기를 종종 꺼내곤 했다. 2002년, 일본과 공동으로 월드컵을 개최한 우리나라는 세계 4강에 올랐다고 했다. 아빠에겐 그것이 아주 특별한 기억일지 모르지만, 실은 유안이에겐 아무 관심 없는 아주 오래된 얘기일 뿐이었다. 세월이 아무리 흘러도 있었던 일이 없던 것이 되고, 없었던 일이 새로 생겨날 리는 없다. 그렇게 사실이란 언제까지나 변하지 않는 것이지만, 기억이라는 건 세월 속에서 그 빛을 조금씩 잃어가기 마련이다. 지나간 모든 시간이 월드컵처럼 특별할 수는 없으니까. 만약 기억의 모든 순간이 월드컵과 같다면, 우리의 머리는 아주 아주 지끈거릴 것이다. 그래서 우리는 기억할 수 있을 만큼만 기억하는 대신, 우리보다 더 많은 과거를 기억하는 사람들의 이야기에 귀를 기울인다. 그러나 어느 누구도 모든 순간을 기억할 수는 없는 법. 혹 빠뜨린 부분은 당시의 기록을 빌려 상상력을 동원해 채우기도 하고, 또 어떤 부분은 심지어 재현해보기도 한다. 그렇게 하는 이유는 무엇일까? 아마 오늘날에도 유효할 만한 가르침을 발견해내기 위해서가 아닐까. 어제 넘어진 자리를, 오늘은 훌쩍 뛰어넘기 위해서 우리는 역사를 공부한댔다. 유안이는 아빠의 얘기를 통해 어떤 것은 역사가 되지만, 어떤 것은 사라져버린다는 것을 알 수 있었다.

"기억하면 돼… 그럼 우리 유안이 마음속에 영원히 살아 있는 거란다."

그때, 유안이는 흐르는 눈물을 훔쳐낼 생각도 못 했다. 아빠는 빨개진 눈으로 구두코만 보다가 고개를 젖혀 하늘을 올려다봤다. 아빠는 무얼 보고 있는 걸까, 따라 고개를 들어 올리자 느리게 흘러가는 먼 구름이 유안이의 눈에 들어왔다.

유안이는 하얀 구름을 보면서, 거대한 지우개를 떠올렸다. 아직은 엄마에 관한 사소한 부분들까지 빠짐없이 기억할 수 있지만… 붙잡을 수 없이 흐르는 시간은 유안이의 기억을 조금씩 지워갈 것이다. 지우지 말라고, 애원해도 소용없는 이 살갑지 않은 시간을 유안이와 아빠는 살고 있고, 한형석 선생님도 살다 가셨다.

'어제까지 몰랐던 선생님을 오늘부터 내가 알게 되었으니, 이 기억 속에서 선생님은 엄마와 함께 살아 계시는 거겠지?'

그때까지만 해도 유안은 몰랐다. 기억 속에서 살아나는 것이 사람뿐만은 아니라는 걸.

♪ 우리 국기 높이 날리는 곳에

그쯤 바람이 불어와 유안이의 머리칼을 쓸어갔다. 그런데, 바람 속에 어떤 노래가 섞여 있었다.

'이게 무슨 소리지?'

유안은 분명, 어떤 노랫소리를 들었다. 그러나 아빠는 아무것도 듣지 못한 것 같았다. 아빠는 좌우를 살피더니 유안이의 손을 잡아끌고 도로를 건넜다.

"우리, 들어가 볼까?"

아빠가 문을 밀어보았지만, 문은 굳게 걸어 잠겨있었다. 유안이가 황당한 얼굴로 아빠를 올려다보았다.

"아빠, 여긴 우리가 들어갈 수 있는 곳이 아닌 것 같은데?"

물론 아빠가 문을 걸어 잠근 것은 아닐 테지만, 엄마가 있었다면 아빠는 혼쭐이 났을 것이다.

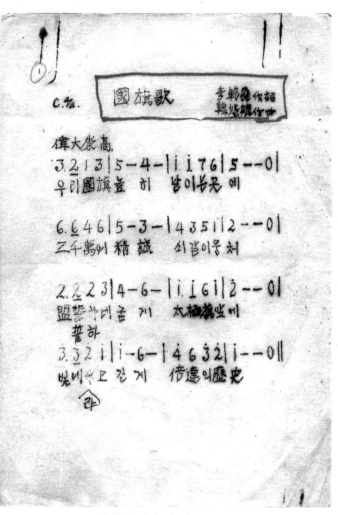

『광복군가집』 제1집 수록 「국기가」 숫자악보, 1943년

"당신은 어쩜 그렇게 어설퍼요? 제대로 알아보지도 않고선…"

그러면 아빠는 진지한 구석 없이 킥킥거리면서 유안이와 눈을 맞추었을지 모른다. 그러나 지금은 둘뿐이었다. 아빠와 유안은 하릴없이 손바닥처럼 펼쳐놓은 입구의 설명문을 읽기 위해 허리를 숙였다. 그 순간, 또다시 한 줄기 바람이 불어왔다.

♪ 삼천만의 정성 쇠같이 뭉쳐

금방까지만 해도 살랑거리는 미풍도 없던 대기에 느닷없이 불어온 바람이었다. 이 바람에도 노래가 섞여 있었다.

"아… 아빠? 드드, 들었지?"

유안은 아빠를 흔들었다. 그런데 아빠가 흔들리지 않았다. 마치, 얼어붙어 버린 것 같았다. 그는 문화재 안내판을 읽어가기 위해 검지를 내뻗고 있는 모습 그대로였다. 심지어 머리카락 한 올, 물결 진 셔츠 자락까지 냉동실에서 나온 것처럼 딱딱했다.

"아빠? 아빠!"

유안이 소리치지만, 그 소리를 들을 수 있는 건 아무도 없었다. 둘러보니 아빠뿐만이 아니었다. 그들이 건너온 도로 위의 차들도 본드를 붙여놓은 듯 미동도 없었다.

♪ 맹세하네 굳게 태극기 앞에

자물쇠로 굳게 잠기었던 문이 벌컥 열리는 것과 동시에 노랫소리가 쏟아져 나왔다. 기억 속에서 살아나는 것이 어디 사람뿐이랴! 노래도 그렇다. 누군가의 가슴을 안고 태어난 시와 선율은 거칠고, 황량한… 때로 미쳐버린 세상에서 희망으로 피어나 사람들의 입에서 입으로 불리는 동안 살아 있는 것이다. 그러다 아무도 찾지 않고, 부르지 않을 즈음 노래는 그 생명이 다한다.

2020년 10월, 변신을 기다리는 자유아동극장 터

바람은 아무것도 알려주지 않았지만, 유안이는 모든 걸 알 수 있었다. 심지어 이어질 가사와 멜로디까지. 이때, 유안이의 눈을 볼 수 있는 사람은 아무도 없었지만, 그 눈은 신비로운 광채를 뿜고 있었다. 그녀는 노래를 부르며 극장 안으로 발길을 옮겼다.

　　♪ 빛내려고 길게 배달의 역사*

* 『광복군가집』 제1집에 수록된 「국기가」 또는 「승기가」로 알려져 있는 곡.
　　1940년 5월 20일부터 열흘간, 시안(西安)의 가설극장에서는 노래와 무용, 연극의 형식이 혼합된 가극 〈아리랑〉이 열렸다. 작품은 '국경의 밤', '한국의 한 용사'와 더불어 제3부에 해당하는 '아리랑'으로 구성되어 있다. 「국기가」는 '아리랑'의 네 번째 곡인 「한국강산 삼천리 국기게양노래」이라는 대합창곡과 제목만 다른 같은 곡이다.
　　한편, 광복군 제2지대의 국기게양식과 해방 후 중앙청 국기 하강식에서도 연주되었던 이 곡은 총참모장 겸 광복군 제2지대장 이범석 장군이 가사를 붙여 전사들의 사기진작에 일조했으며, 1943년에 군가집으로 묶여 전군에 보급되기도 했다. 아울러 중국어로도 번역되어 한전가곡집으로 출판, 보급되었다.

2. 전쟁의 참화를 치유하는 자유아동극장
   (1953~1955)

다음 세대에 기여하는 구체적이오,
   실제적인 전초병이 되려고 하는…

무대 위엔 한창 인형극이 진행 중이었다. 무대 중앙에
세로로 길게 내걸린 태극기 앞으로 양손에 인형을 낀 사
내가 땀을 뻘뻘 쏟으며 구연동화를 펼치고 있었다. 유안
은 에어컨부터 켜야겠다는 생각으로 얼른 주위를 휘 둘러
보았다. 극장 안은 까만 머리통으로 빼곡했다. 숨죽이고
무대를 좇고 있는 아이들의 목덜미에도 송골송골 땀방울
이 솟고 있었다. 턱을 떨어뜨리고 모두들 얼마나 열심히
보고 있는지, 입에 파리가 앉아도 몰랐다. 그 순간, 유안
은 깨달았다. 자신이 있는 곳이 이천이십 년이 아니라는
사실을. 유안이는 아이들을 둘러보던 시선을 거두어 다시
무대 위로 고개를 돌렸다.

오래 가지 않아 유안의 얼굴도 아이들의 얼굴과 똑 닮
게 되었다. 인형극을 진행하는 사내의 연기가 얼마나 맛
깔난지 제일 뒷자리에 앉았던 유안은 빠끔빠끔 고개를 내

밀기 바빴다. 사내의 목소리에서 아낙의 목소리로, 아이의 목소리에서 어른의 목소리까지, 그야말로 열정적인 연기에 유안이도 넋을 빼앗겼던 것이다.

'저 나쁜 도깨비 녀석!'

유안이는 안타까움에 주먹을 꽉 쥐었다.

'아휴 답답해!'

아이들 역시 유안이처럼 어느새 한 마음, 한목소리로 주인공 이반에 몰입하고 있었다. 가난한 농부의 아들인 이반은 할 줄 아는 것이 농사일뿐인 농투성이였다. 그런 이반에게 도깨비가 다가와서는 사사건건 훼방을 놓는 것도 모자라 형제들 사이를 갈라놓으려고 온갖 이간질을 일삼은 것이었다. 그러나 이반은 전과 다름없이 오직 일만 했다. 아이들은 기를 쓰고 이 '바보 이반'을 응원했다. 아마도 아이들은 알고 있을지도 모른다. 남에게 상처 입히지 않고, 착하게만 살아도 되는 세상이 오길… 그곳에선 바보 이반과 같은 이가 누구보다 귀한 사람, 하늘보다 높은 사람대접을 받을 것이다. 아이들은 저희들의 미래가 바로 그런 세상이길 바라는 마음으로 소리를 지르고 박수도 쳤다.

1953년, 극장 밖은 전쟁의 포연이 채 다 흩어지지 않은 엄혹한 시절이었지만, 아이들의 순수마저 죄 가리진 못하는 모양이다. 그 시절, 전쟁통에 부모 잃고 거리로 쏟아져 나온 고아들은 이루 말로 다 할 수 없이 비참하고 고된 시간을 보내고 있었다. 특히, 피란수도였던 부산엔 헐벗은 아동들이 대량 발생했다. 끈끈한 액체처럼 고인 시간 속에서 아이들은 내일의 어떤 희망도 쉬 꿈꿀 수 없었다.

전쟁의 참화가 휩쓸고 간 땅뙈기에선 당장 오늘의 먹거리도 구할 수 없었다. 국가는 나라의 미래인 아이들을 구제할 능력이 없었다. 시절이 그러한데도 먼구름 한형석은 어린이와 청소년을 대상으로 한 문화예술교육의 중요성을 한순간도 잊어버린 적 없었다.

그의 관심은 오직 다음 세대에 가 있었다. 그가 유년기부터 청년기가 다 저문 마흔에 이르도록 이 나라는 끔찍한 고통의 나날을 보냈다. 일본제국주의에 의한 식민지배의 세월이 그것이오, 민족사의 비극인 전쟁이 바로 그것이었다. 그러나 이 모든 시간은 종식되었다. 다가올 새로운 시대는 응당 아이들의 것이어야 했다. 그들이 주인공인 문화예술교육이 필요했던 것이다. 이를 위해 그는 지난 몇 해간 재산을 털어가며 빚까지 졌다. 그 같은 고생 끝에 드디어 1953년 8월 15일, 판잣집 위 언덕배기에 자유아동극장이 문을 열었다.

유안이도 아이들 속에서 한참 박수를 치고 있는데, 갑자기 몸이 가벼워지는 것 같았다. '어라? 이러다 떠오르는

자유아동극장 건립 당시. "우리 힘으로 세우자!"

거 아냐?'라고 생각을 하자마자, 몸이 붕 떠올랐다. 몸속은 딱딱한 뼈와 무거운 살 대신 공기로만 가득한 것 같았다. 둥실, 떠오르는 순간엔 무서워 빽 소리를 질렀으나, 아무도 유안이를 주목하지 않았다.

'세상에 이럴 수가…'

이상한 일이 쉴 새 없이 벌어지는 하루였다. 이젠 더 이상 무슨 일이 생긴다고 해도 놀라지 않을 것 같았다. 그런 마음을 먹자마자, 유안이는 어디론가 떠가기 시작했다.

"대체 날 어디로 데려가는 거야?"

바람 한 점 없던 극장 안이 유안의 목소리로 왕왕 울렸다. 풍선처럼 떠올랐던 유안이의 몸은 점점 빠르게 이동하고 있었다.

"어, 어! 무서워! 무섭다고!"

유안은 쏜살같이 날아갔다. 비명조차 나오지 않았다. 두 눈을 꽉 감고 움직임이 멈추기만을 기다렸다. 그러길 얼마나 지났을까. 서서히 텅 비었던 몸속에 뼈가 생기고, 피가 돌고, 살이 붙는 것을 느낄 수 있었다.

'대체 여긴 어디야?'

유안은 천천히 실눈을 뜨고는 제가 두 발을 딛고 서 있는 곳이 어딘지 가늠해보려 했지만, 알 리 없었다. 두 눈에 들어온 건, 외국 사람처럼 멋지게 콧수염을 기른 한 남자였다. 마른 몸피에 어쩐지 강인해 보이는 인상이었다. 그는 책상에 앉아 무언가를 쓰는 데에 열중이었다. 유안이는 한순간 숨을 곳을 찾아 허둥대다 멈췄다. 숨을 곳도 없는 단출한 방에는 가구라고 해봐야 그가 앉아 있는 낡은 책상 하나가 다였다.

'가만, 날 알아볼 리가 없잖아?'

굳이 숨을 필요 없다는 생각이 들자, 절로 어깨가 쭉 펴졌다. 유안이는 새삼 대단한 비밀이라도 알아낸 것처럼 으스대며 나아갔다. 조심성 없이 쿵쾅거리는 유안의 발소리에도 그는 미간의 주름을 깊게 패며 한 치의 흐트러

짐도 없는 자세를 유지했다. 유안이는 남자의 등 뒤로 가, 그가 아까부터 뭔가 쓰고 있던 원고를 눈으로 읽었다.

'(…) 다음 世代에 寄與하는 具體的이오 實際的인 前哨兵이 되려고 하는 이 趣旨에 社會諸賢의 뜨거운 聲援과 支持를 干求하여 마지않는 바이다.'

"무슨 말인지 하나도 모르겠네…"

유안이의 중얼거림에 남자가 버르적거리며 놀랐다.

"무, 무슨 소리야!"

놀라긴 유안이도 마찬가지였다. 도망칠 생각도 못 하고, 엉덩방아를 쿵 찧고 말았던 것이다. 유안은 엉덩이를 비비며 일어났다.

"아야, 내 궁둥이… 그런데, 아저씨는 제가 보이세요?"

"누, 누구야?"

남자는 소리 나는 쪽으로 고개만 돌릴 뿐, 말을 하고 있는 유안이를 똑바로 쳐다보고 있는 것은 아니었다. 추측건대 목소리만 들을 수 있나 보았다.

"휴, 놀라게 해서 미안해요. 허락 없이 들어온 것도 죄송하고요. 아무도 절 보지 못하는 것 같았는데… 아저씨는 어떻게 제 말을 들을 수 있는 거죠?"

남자는 여전히 두려움이 출렁거리는 눈동자로 이 정체

모를 목소리가 나는 쪽을 응시하고 있었다.

"그러니까 아저씨는 제가 보이시는 거죠?"

남자는 고개를 가로저었다.

"목소리만 들린단다. 가만, 너는 아이인 모양이구나?"

"네, 전 열한 살, 한유안이라고 합니다."

"허허, 보이지 않는 친구, 반갑구나. 한때 내가 쓰던 이름과 매우 닮았어. 나는 '한유한'이란다. 동시에 '한형석'이기도 하지."

"와, 이름이 두 개예요?"

"하나가 더 있지."

남자는 미소 지으며 말했다.

"사람들은 날 '먼구름'이라고 부른단다."

초딩이 뭔지는 모르겠다만,
어느 누구의 목소리보다 중요하단다

"…믿기 어려우시죠?"

유안은 아빠를 따라 오페라 극장을 찾았다가 벌어진 모든 이야기를 아저씨께 털어놓았다.

"아냐, 난 유안이의 말을 모두 믿는단다."

유안은 별안간 눈물이 핑 돌았다. 스스로도 믿을 수 없는 이야기를, 처음 보는 아저씨가 믿어준 것이었다.

"세상엔 믿을 수 없지만, 엄연히 존재하는 것들이 있거든. 나도 예전에 죽음의 문턱에서 이런 목소리를 들은 적이 있었지…"

아저씨는 눈을 가늘게 뜨고 먼 곳을 응시했다. 잠깐, 그건 그렇고… 유안이는 제가 어떻게 여기까지 오게 됐는지 한참 쏟아내는 사이에, 이 마음씨 착한 아저씨의 이름을 까먹고 말았다.

"아저씨, 아저씨, 그런데 아저씨 이름이 뭐라고요?"

"그냥 '먼구름'이라고 부르려무나."

유안이는 '헉!' 입을 틀어막았다. 이곳을 처음 맞닥뜨렸을 때 현판에 나붙은 글귀가 떠올랐다.

'독립운동가 먼구름 한형석!'

"…왜 말이 없느냐?"

유안이는 틀어막은 손을 떼며, 아까 못 알아보겠다고 얼른 외면했던 종이를 다시 들여다보았다.

"먼구름 선생님, 아까 쓰고 계시던 것이 뭐예요?"

"갑자기 선생님이라고 부르느냐? 그냥 아저씨라고 부르는 게 난 더 듣기 좋은데 말이야. 아. 이것 말이냐? 읽어봐도 된다."

선생은 종이를 들어 허공에 내밀었다.

"읽고 싶었는데, 한자가 너무 많아 알아볼 수가 없어요."

"그렇구나. 내가 손가락을 집어가며 천천히 읽어볼 테니,
꼭 소감도 말해주어야 한다. 이리 옆으로 와서 보려무나."

"네."

"자. 유. 아. 동. 극. 장. 창. 립. 취. 지. 서."

처참한 전화로서 격증하는 최대의 사회문제로 국가민족
의 장래에 암영을 던지는 걸식아동 부랑아동 반직업아동(구
두 닦는 아동, 신문 판매하는 아동, 아동소행상 등), 고아원
아동과 일반 실학아동의 교도를 위해서 본 극장은 '극장교실'
로 무료 공개하여 세인이 유기한 다음 세대 주인공의 정신적
주식물—지식과 오락—을 제공할 것이며 암담한 거리에서
방황하는 천사에게 활기 있는 광명의 앞길을 선도하며 이 민
족의 병든 새싹에게 '비타민'이 되기를 스스로 기약하고 분투
하려 한다. (…)

아이들에게 꿈을 주었던 자유아동극장

먼구름 선생이 신중하게 거듭 고치고 다시 쓰던 원고
는 극장을 세운 취지를 밝히고 있는 글이었다. 선생은 약
칠십 년 후의 미래에서 온 아이가 알아듣기 쉽도록 한자
어를 풀어서 설명해주었다. 그럼에도 유안이가 완전히 알
아들을 수는 없었다. 곧이어 나오는 '제네바 선언'(1924
년)이나 미국의 '아동헌장'(1930년) 같은 말들도 모두 처
음 들어보는 것이었다. 어쨌든 유안이 이해한 것은 이 극
장이 충분히 아름답고, 숭고한 의지로 세워졌다는 것이었
다. 특히, 선생이 이 구절을 읽을 때는 손뼉을 칠 뻔하기
도 했다.

(…)

   백 권의 독서보담 더 빠른 효과를 거둘 수 있는 교육영화
를 비롯하여, 환등, 음악, 아동극, 무용, 인형극 등으로 아동
의 지식계몽과 정서육성에 이 아동극장은 그 발휘할 기능의
범위는 광대하다.
   이러한 일은 원칙적으로 국가 자체가 설립 운영할 것이나
막연히 그날을 기다릴 수 없어 미력이나마 합하고 기울여서
우선 뜻을 같이하는 몇몇 동지의 협력 결속으로 이 시급하고
도 다난한 사업에 첫 길을 들어가려고 한다.
(…)

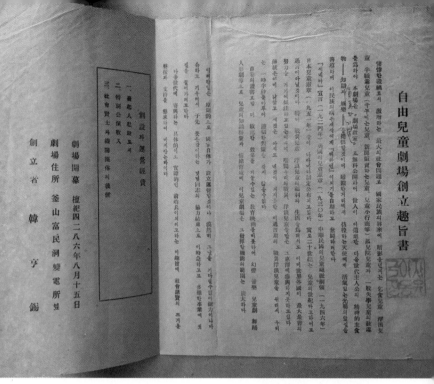

자유아동극장 창립 취지서

"어떠냐?"

창립 취지서를 다 읽은 선생이 물었다. 유안이는 가슴 속 깊은 곳에서 몽글몽글한 감정이 북받쳐 오르는 것을 느꼈다. 그것은 어떤 설렘일 수도 있고, 결연한 의지 같은 것이기도 하였으며, 한편으론 다음 세대를 위해 내 몫을 내놓은 선인들에 대한 존경이기도 했다. 그러나 유안이는 지금 자기의 마음을 가득 채우고 있는 이 느꺼운 감정들이 무엇인지 말로 설명할 수 없었다. 그래서 도리어 이렇게 묻기만 했다.

"선생님, 겨우 초딩인 제가 어떻게 들었다는 게 그리 중요한가요?"

"뭐? 초, 초딩? 그게 뭔지는 모르겠다만, 네가 어떻게 들었느냐 하는 건 매우 중요하지. 어느 누구의 목소리보다 중요하단다."

"그럼 한마디로 말해주겠어요!"

"오냐."

먼구름 선생은 마음을 비우는 이처럼 눈을 감았다.

"합격!"

고요한 호수 같은 선생의 얼굴에 번져가는 동심원 같은 미소가 어리었다.

유안이는 선생의 얼굴이 오래도록 기억에 남을 것만 같았다. 선생의 나이 마흔넷, 그는 젊다고도 늙은 나이라고도 말하기 어려운 한 시기를 지나고 있었다. 이 시절을 나는 동안, 그의 고생은 세인의 상상을 초월하는 것이었다.

부산 서구 부민동 변전소 옆, 경남도청 뒤편 창고를 개조해 지어진 극장은 구석구석 그의 땀이 스미지 않은 곳이 없었다. 전문 목수를 고용할 돈이 부족했기에 설계부터 건설까지 그가 직접 두 팔을 걷어붙여야 했다. 그는 현장을 독려하고, 자신을 다잡기 위해 "우리 힘으로 세우자!"는 말을 자주 하곤 했다. 힘겹게 마련한 땅뙈기 위에 기둥을 세우고 못질을 하는 그를 보며, 그의 뜻과 행동을 지지하는 친구들도 생겨났다. 그들로부터 일부 후원을 받고, 그의 어머니 또한 당시로는 엄청난 고가였던 전화기를 내놓아 극장 터 매입비용에 보태도록 만들기도 했다. 그럼에도 비용은 늘 모자라 영국 아동 구호재단의 자금지원을 받아 충당하기도 했다. 극장을 짓고 운영한다는 것이 어디 보통 일인가 말이다.

유안이가 살고 있는 미래에도 아동극장은 흔하지 않았다. 교육이나 문화 사업조차 자본과 상관없이 외따로 떨어져 존재할 수 없는 세상이었다. 거기 비해 선생이 고집했던 자유아동극장의 운영방식을 떠올리면 절로 고개가 숙어졌다. 선생은 아이들에게 단 한 푼의 돈도 받지 않았다. 때문에 1955년 6월부터는 부산대 문리대 중국어과에 강의를 나가며 아동극장을 운영했으나, 그 또한 극장의 운영경비를 대기에는 턱없이 모자란 돈이었다. 그런 형편이었음에도 어느 날은 가난한 이들에게 벌어온 돈을 몽땅 주는 바람에, 정작 식구들 먹일 쌀을 구할 돈이 바닥나기도 했다.

이 같은 어려움 속에서도 2년간 총 500여 회에 달하는 공연이 무대를 데웠다. 각종 명작동화를 각색한 영화, 아동극, 인형극, 그림연극을 보기 위해 12만 명 아이들에게 꺼지지 않는 희망의 불씨를 가슴 속에 심어주었다.

선생은 아이들로 둘러싸인 극장을 볼 때마다 보람과 기

뺨을 느꼈다. 인근 의과대학에서 사용하던 옆으로 길쭘
한 의자를 얻어와 극장 안을 채우던 것이 다 엊그제만 같
았다. 극장 안은 여섯 명이 한 번에 앉을 수 있는 의자 70
개가 가득 채우고 있었다. 그렇게 빼곡하게 앉거나 서면
450명의 아이들이 극장 안에 들어설 수 있었다.

　선생은 빈 의자에 앉았다. 유안은 그의 옆에 나란히 앉
았다. 의자는 이미 들어올 때부터 손때 묻고 낡아 반질반
질했다. 그는 의자를 매만지며 무슨 생각엔가 잠기어 있
었다. 그가 한국 최초의 아동전용 극장을 짓고, 문화·예
술·교육의 복합 공간을 운영하고자 한 것은 하루아침에
떠오른 생각이 아니었다. 그것은 중국에서 항일운동을 하
며 얻은 경험 속에서 오랜 시간 숙성된 것이었다.

　'이보다 더한 시절도 견디지 않았던가!'

　유안이는 선생이 중얼거리는 속말을 들을 수 있었다.
그를 향하던 눈길을 물끄러미 돌렸다. 텅 빈 무대 위에는
지난 세월 상영된 수많은 작품들이 환등처럼 지나갔다.
1951년, 기획과 제작에 참여했던 세미다큐멘터리 영화
〈낙동강〉은 단골 상연 프로그램이었다. 이를 비롯해 미
공보원에서 제공받은 영화들과 〈유관순전〉, 〈안창남
비행사〉 같은 한국영화도 빼놓을 수 없다. 그밖에 수많은
아동극이며, 인형극 담당이었던 솜씨 좋은 김태성이 만든
작품들이 아이들의 마음을 사로잡았다. 무대는 〈요술반

지〉, 〈흥부와 놀부〉 등을 끝으로 암전을 맞았다. 유안
이는 어둠이 내리깔린 무대를 보며 생각했다.

'지금은 극장의 터와 골격만 남아 있지만, 언젠가 새로
단장해 나뿐만 아니라 아주 먼 미래의 아이들에게도 꿈을
주었으면…'

그 순간, 무대가 밝아지며 뚜벅뚜벅 발소리가 났다. '바
보 이반'이었다. 이반이 등장하자, 객석에서 박수가 쏟아
졌다. 유안이 주위를 둘러보자, 선생은 어디론가 사라졌
고, 그 자리를 어린이들이 빼곡하게 채우고 있었다. 객석
의 아이들 중 하나가 무대 위로 올라가 이반에게 말했다.

"우리들 좀 먹여 살려 주세요!"

유안이는 깜짝 놀라 어찌할 바를 몰랐다. 그러나 이반
은 작품 속 상황처럼 망설임 없이 대답했다.

"물론이오! 와서 사시구려. 여기엔 없는 게 없답니다."

그러나 이반의 나라엔 단 한 가지 중요한 관습이 있었
다. 손에 굳은살이 박인 자는 식탁에 앉지만, 맨들맨들한
손을 가진 이는 그들이 먹고 남긴 것을 먹어야 했다. 유안
은 이반의 저 바보같이 순수한 마음이 저만치 떠가는 구
름처럼 멀리 내다보는 선생의 모습과 닮아 있다고 생각
했다. 그의 세상에선 아이들이 높은 자리에 앉아 있고, 어
른들이 아이들이 먹고 남긴 것을 먹었다. 그런 세상을 상
상하고 있는데, 무대가 또 한 번 암전을 맞았다. 아이들의

왁자지껄한 소리도 짧은 순간, 모두 사라졌다. 그리고 희미하게 노랫소리가 흘러나오기 시작했다. 노래는 이번에도 어느 바람결에 실려 있었다.

> ♪ 우리는 한국독립군 조국을 찾는 용사로다
> ♪ 나가 나가 압록강 건너 백두산 넘어가자

노래와 함께 극장 안은 창밖으로 스미어오는 여명처럼 밝아왔다. 밝아오는 무대처럼 노래는 점점 우렁차게 극장을 왕왕 울리기 시작했다.

> ♪ 우리는 한국광복군 악마의 원수를 쳐 물리자
> ♪ 나가 나가 압록강 건너 백두산 넘어가자

무대 위에서 실루엣으로만 존재하던 배우들의 얼굴이 하나둘 드러났다. 합창하는 배우와 합창단원들을 세니 그 수만 대략 60여 명은 족히 됐다, 반주를 맡은 악단의 규모만도 30여 명에 이르러 그 웅장함이 보는 이를 압도했다.

> ♪ 진주 우리나라 지옥이 되어 모두 도탄에서 헤매고 있다
> ♪ 동포는 기다린다 어서 가자 고향에

♪ 등잔 밑에 우는 형제가 있다 원수한테 밟힌 꽃 포기 있다
♪ 동포는 기다린다 어서 가자 조국에

그런데 힘찬 멜로디를 합창하는 배우들 가운데, 낯익은 얼굴이 한 명 있었다. 한형석 선생은 가극 〈아리랑〉에서 작사, 작곡뿐만 아니라 주인공 목동 역으로 출연하기도 한 것이다.

♪ 우리는 한국독립군 조국을 찾는 용사로다
♪ 나가 나가 압록강 건너 백두산 넘어가자*

---

* 한형석이 작곡한 행진곡에는 「압록강행진곡」, 「조국행진곡」, 「광복군가」, 「광복군 제2지대가」 등이 있다. 가극 〈아리랑〉의 하이라이트이자, 제3부에 해당하는 '아리랑'에는 관현악곡과 독창곡, 합창곡으로 총 8곡이 연주되며, 이 가운데 6번째 곡과 7번째 곡은 「한국행진곡」이라는 제목의 같은 곡이다. 그러나 가극 내 삽입된 해당 곡은 작곡가 한형석의 필사본 등을 참조하면 「압록강행진곡」임을 알 수 있다. 본 행진곡은 한형석의 작품 중 가장 대중적으로 알려진 곡 가운데 하나로, 현재 초등학교 음악교과서에도 수록되어 있다.(교육과학기술부, 『음악4』, 교학사, 2010)

3. 항일가극 〈아리랑〉이 울려 퍼지다(1940)

내일이 있는 오늘을 사는 한,
예술은 어떤 시절 속에서도 중요한 것

유안이의 기억은 갑자기 끊겼다. 애꿎은 머리만 흔들어 댔지만 좀체 떠올릴 수 없었다. 곡의 최고조에 이르러 또 다시 몸이 가벼워진 것까지는 분명히 기억났다. 둥실 떠오르더니 피날레가 펼쳐지고 있는 무대 속으로 빨려들어 간 것까지도. 그러나 어떻게 이동했는지, 여기가 어딘지, 몇 년도인지 아무것도 알 수 없었다.

'여긴 대체…'

두 발을 딛고 있는 곳이 어딘지 짐작조차 가지 않았다. 확실한 것은 더 이상 자유아동극장이 아니라는 것뿐. 그 때, 왁자한 음성이 들렸다.

"야, 오늘도 무사히 끝났다!"

"벌써 내일이 마지막 공연이야!"

이목구비가 도드라지도록 화장을 한 사람들이 모여 있었다. 아마도 그들은 배우인 것 같았다.

"모두들 그동안 정말 고생 많았어!"

"주인공 아니랄까 봐, 예술조장님은 내려와서도 그러기예요?"

"맞아. 제일 고생한 사람이 누군데?"

배우들은 다정하면서도 짓궂은 얼굴로 한 사내를 향해 고개를 돌렸다.

'앗! 저 사람은…'

유안이는 흰 분가루로 가리어 얼른 알아보지 못했던 얼굴을 알아차리곤 놀라움과 반가움이 터져 나왔다. 그러나 손바닥으로 제 입을 틀어막았다. 혹시 제 목소리를 알아차릴 사람이 또 있을지도 몰랐다.

"이 자식, 꼭 우리 입으로 말해야겠어?"

"한유한 너다, 이 녀석아!"

유안이 보기에, 그는 자유아동극장에서보다 십여 년은 더 젊어 보였다. 어림잡아 지금은 천구백사십 년쯤이 아닐까 생각했다. 만약, 유안의 짐작이 맞다면 거참 의아한 일이었다. 학교에서 배우기로 그땐 일제가 우리나라를 강탈하여 식민지배를 당하고 있던 시절이었는데, 이렇게 연극이나 할 때인가 말이다. 유안이는 갸웃거리며 저들의 대화에 귀를 기울였다.

"에이, 무슨 말씀을, 모두들 고생했지."

"그나저나 분장부터 좀 지우면 안 되겠나?"

"기다려, 기다려! 지금부터 내가 뭘 읽어줄 게 있으니."

"뭔데 그래?"

발길을 돌리려는 유한과 배우들을 붙든 것은 주인공 목동의 아버지 역할을 한 김송죽이었다. 그는 주머니에서 꼬깃꼬깃 접은 신문을 펼쳤다. 신문은 땀에 젖어 조심하지 않으면 곧 찢어질 것 같았다. 이때, 목동의 어머니 역할을 맡은 이경녀가 퉁바리를 놨다.

"이 용한 사람아, 땀도 많은 양반이… 그 얇은 종이가 안 찢어지고 견뎌?"

함께 있던 배우들이 웃음을 터트렸다. 열흘간의 공연은 그 둘을 무대 밖에서도 꼭 부부처럼 묶어버렸다. 유한은 내려앉은 피로를 밀어내며 소리 없이 웃어 보였다. 그는 이 작품 〈아리랑〉에서 목동이자, 주인공 역할이었다. 송죽도 지지 않고 대꾸했다.

"아 이 사람아, 이게 그냥 종이면 품고 있었겠어? 자, 이제 다 폈으니까 잘 들어보라고!"

"거참 속 터지네!"

"아아~ 음음~"

"목청 그만 다듬고 어서 읽어봐!"

"자, 예약(豫鄂)으로부터 날아든 큰 승리의 소식이 전국을 뒤흔들고, 세계를 진동한다. 특히 전선에 가까운 시안 민중은 더욱더 큰 흥분을 느꼈다. 민중들이 승리를 축하하며 들끓고 있을 때, 한국청년전지공작대의 위문 공연이 열렸다. 이는 대단한 의미를 지닌다. 기자는 가슴 가득한 흥분을 안고 난위엔먼 실험극장으로 가 이들의 공연 〈아리랑〉을 보았다…"

아리랑은 우리 민족과 문화를 대표하는 노래다. '아리랑'이라는 세 글자는 단순한 민요 이상의 상징적인 이름이었다. 민족을 하나로 묶어주는 민중예술이자, 시대 속에서 옷을 갈아입어 온 노랫말들은 당대 민중의 삶과 현실이 반영된 결과물이었다. 유한이 작품의 제목을 '아리랑'으로 붙인 것도 그 같은 이유가 있으리라.

공연은 1940년 5월 22일부터 31일까지, 중국 시안 난위엔먼 실험극장에서 열흘간 이어졌는데, 기간 내내 관객들의 입에서 입으로 전해지는 화제가 끊임이 없었다.

"시계가 6시를 막 가리킬 때 이미 공연장은 각계의 군중들로 자리가 가득 차 있었다…"

송죽이 배우다운 발성으로 읽어나가기 시작하자, 곧 함께 출연했던 배우들이 모여들기 시작해 금세 북새통을 이뤘다.

"안 들려! 더 크게 읽으라우!"

뒤에서 귀만 쫑긋 세우고 있던 누군가 소리쳤다. 송죽은 목청을 한 번 가다듬고 더욱 크게 읽었다.

"무대의 자주색 장막은 단단히 닫혀 있다. 객석의 소란스러움에도 이 청년단의 동지들은 공연 준비에 여념이 없다…"

그들이 올랐던 무대는 조명이라야 전등도 없이 검은 갓을 씌운 석유 등잔 두 개를 걸어놓은 것이 전부였으나, 이미 입소문으로 자리를 채운 관중의 흥취를 사그라지게 만들 수는 없었다. 공연을 올리기까지, 그들은 전쟁이라는 긴박한 상황과 부족한 물자 가운데서도 공연 규모와 체계를 제대로 갖추기 위해 노력했다. 유한은 그 세월을 떠올리듯 잠시 눈을 감았다. 그런 그의 옆에 유안이가 와 섰다. 유안이는 물이 물속으로 흐르듯, 인파들 속에서도 유유히 헤집고 들어갈 수 있었다. 그리고 아저씨의 손을 꽉 잡았다. 그 손길에 유한은 왠지 모를 따뜻함을 느끼며, 저도 모르게 눈물이 차올랐다. 그 눈물에 그간의 공연이 어룽졌다.

북소리가 심장을 때렸다. 객석을 채운 중국인들의 잡담이 찬물이라도 뒤집어쓴 듯 고요해지고, 긴장이 내려앉았다. 무대에 한 사람이 등장해 관중을 향해 말했다.

"우리는 연기자가 아닙니다!"

'연기자가 아니라고?' 객석이 잠시 술렁였다.

"우리는 장차 전방으로 떠날 전투원입니다. 여러분의 열렬한 성원에 힘입어 우리는 더 많은 적을 무찌르겠습니다!"

힘주어 말하며 휘두른 주먹에 박수가 쏟아져 나왔다.

항전가극 아리랑 공연 모습

1944년 중국군 부상병 위문 모금 및 3·1운동 기념공연으로
시안 청년당에서 개최한 제4차 〈아리랑〉 공연의 포스터

웅장한 서곡과 함께 무대의 장막이 서서히 걷혔다. 평화로운 '아리랑산'의 정경이 펼쳐진 무대에 시골처녀로 분한 심승연이 등장했다. 그녀는 전쟁으로 인해 학업을 중단하고 아리랑산 비탈 앞에서 꽃을 팔고 있었다. 그녀가 노래를 놓았다. 공연 설명서에 「한국산가(韓國山歌)」라고 설명하고 있는 이 민요는 「봄이 왔네」였다. 객석은 호젓한 그리움으로 젖어갔다. 머나먼 타국에서 조국의 고향산천을 떠올리게 했던 것이다.

행복이 흐르는 늦봄의 정취를 느끼며 등장한 목동 역은 유한이었다. 믿기 어렵지만, 유한은 한국인의 독립항전을 무대화한 이 작품 〈아리랑〉에서 대본은 물론, 작곡, 무대감독, 해설, 악단지휘, 연주, 주연배우에 이르기까지 1인 7역을 맡았다. 그의 청아한 목소리로 「목가」가 흘러나왔다. 무대 아래 합창단의 웅장한 코러스가 유한의 목소리를 감싸 안듯이 울려 퍼졌다. 목동의 노래를 통해 둘은 서로 사랑하는 마음을 털어놓았다. 그러나 이 행복은 오래가지 못했다. 아름다운 아리랑산에 일장기가 꽂힌 것이다. 고향 땅은 피로 물들어갔다.

이 참혹한 세월 속에서 목동과 시골처녀는 침략자 원수에게 순종하는 백성으로 살기를 거부한다. 그들은 조국의 독립이라는, 훗날을 기약하며 늙으신 부모와 생이별을 하고 압록강을 넘어 유랑의 세월에 오른다. 한국혁명군에 참가하러 중국으로 가는 길, 그들은 나라 잃은 설움을 「아리랑」을 통해 토해냈다. 객석에선 탄식이 흘러나왔다. 아직 1막도 끝나지 않았지만, 관객들은 벌써 눈물을 훔치고 있었다. 그들 또한 극 중의 비참한 시간을 겪어온 자들이었다. 그들을 보며 유한의 기억은 미끄러져 들고 있었다.

아버지의 뜻을 저버리면서까지 선택한 예술이었다. 그는 알고 있었다. 식민지배와 전쟁이 무서운 건 사람들의 목숨을 앗아가기 때문만은 아니다. 가장 무서운 것은 바로 미래에 대한 희망을 빼앗는 것이다. 내일이 있는 오늘을 사는 한, 예술은 어떤 시절 속에서도 중요한 것이었다.

이 감동이 조국의 독립을 위한
작은 주춧돌이 될 수 있다면…

예술이 중요하다는 것은 너무도 당연한 말인 것만 같다. 그러나 사람들은 생활 속에서, 혹은 식민지배 아래에서 이를 쉽게 간과했다. 그러나 한유한의 생각은 확고했다. 지금껏 군가, 행진가 등으로 사람들의 마음을 음악으로 한데 묶어왔던 그였다. 하지만, 그는 한 발 더 나아가고 싶었다. 사람들의 가슴속 깊숙한 곳까지 데울 수 있는 것이 무엇일까. 유한은 지금 그 꿈을 실현하고 있었다.

2막이 올랐다. 한국혁명군에 입대한 시골처녀와 목동. 「한국행진곡」이라는 노래는 혁명군의 진취적인 기상이 녹아들어 있는 노래였다. 그들은 생사를 넘나드는 전투 속에서 청춘을 보냈다. 그렇게 35년 세월이 흘렀다. 처녀에게선 더 이상 그 옛날의 푸릇푸릇함이 보이지 않았으며, 목동 역시 초로의 사내가 되어 있었다. 육체의 늙음이 그들의 의지를 꺾을 수는 없었다. 그러나 치열한 싸움 속에서도 부모에 대한 그리움과 애틋한 마음은 고향을 떠나던 처음과 다름없었다. 아니, 오히려 시간이 갈수록 짙어지기만 했다. 두 사람은 목 놓아 「고향생각」을 불렀다.

3막 들어 목동 부부는 조국의 독립을 위해 싸우다 압록강 부근, 적의 포화 속에서 장렬히 전사한다. 거듭되는 전투 속에 산천은 혁명군의 피로 젖어갔다. 그러나 그들은 자유라는 찬란한 빛을 위해 싸웠다. 다시, 「한국행진곡」이 울려 퍼졌다. 제국주의 일본은 한 사람, 한 사람의 목숨을 앗아갈 수는 있지만, 우리의 정신을 벨 수는 없었다. 혁명군은 거듭되는 전투 속에서 마침내 아리랑산의 꼭대기에 태극기를 꽂는다. 천천히 막이 내려왔다. 사람들은 너나 할 것 없이 자리에서 일어나 박수를 치기 시작했다.

"만세!"

누군가 자리를 박차고 일어나 소리쳤다. 마치, 그 소리가 신호탄처럼 만세 소리가 터져 나왔다. 현장은 독립을 열망하는 의지로 뜨거웠다. 막이 내렸으나, 그들의 눈 속에 아리랑산 정상에 게양된 태극기의 모습은 오랫동안 펄럭이고 있었다. 유한의 두 눈 속에도 파도처럼 넘실거리는 객석의 만세 소리와 그 모습이 오래 맺혀 사라지지 않았다. 작품을 준비했던 일여 년이 꼬박 넘는 시간이 떠올라, 그의 가슴 속은 벅차올랐다.

'이 감동이 조국의 독립을 위한 작은 주춧돌이 될 수 있다면…'

유한은 바랐다. 어느덧 일본에 나라를 뺏긴 지 30여 년이 흘렀다. 고국의 사정은 날이 갈수록 나빠지는 것만 같았다. 이 무렵, 제국주의 일본은 '병참기지화'라고 하여 우리나라를 대륙 침략의 발판으로 사용하고 있었다. 일제강점기 초기인 1910년대 무단 통치기를 지나 3·1 운동에서 나타난 조선 민족의 독립 열망을 무마시키기 위한 기만적 문화 통치기인 1920년대를 지나 이제 일본은 수탈의 발톱을 숨김없이 드러내고 있었다. 그들이 벌이고 있는 전쟁의 범위가 넓어지고 장기화되면서, 일본은 총동원령을 내렸던 것이다. 조선 땅에서 나는 모든 물자는 물론이고, 사람도 전쟁 수행의 도구로 징발해간 것이다. 남자는 전쟁터의 총알받이로, 강제 징용 노동자로, 젊은 여자들은 일본군위안부로 끌고 갔다. 심지어 온 동네의 개털까지도 밀어갈 정도였으니 더 말해 무엇하랴. 그러나 일제의 패

악질이 절정에 다다른 이때야말로 조선의 독립이 머지않았음을, 유한은 믿고 있었다.

그는 고국에서 들려오는 소식에 가슴 아파하며 음표 하나, 글자 한 자, 한 자를 써 내려갔다. 일제는 우리의 말과 이름도 앗아가려 했다. 창씨개명이라고 하여, 이름조차 일본식으로 바꾸길 강요당했다. 유한은 이런 때에 독립의 의지를 담은 우리말로 된 오페라를 올린 것이다. 진정 예술은 만국 공통의 언어일까. 우리말로 울려 퍼진 작품에 중국인들도 열광하였다.

"…반주를 맡은 악단은 시안시 수십 명의 이름난 음악가로 구성되었고, 이에 더해 은연, 연합, 청년, 위생총대 총 네 합창단이 어우러졌으니, 이 얼마나 풍부한 음악의 향연인가…"

배우가 읽고 있는 〈서북문화일보〉의 기사 외에도 〈서경일보〉, 〈공상일보〉 등 현지의 많은 언론들은 적극적인 항일의지를 담고 있는 작품 〈아리랑〉을 주목했다.

"긴장감 있는 구성, 짜임새 있는 줄거리, 모든 면에서 도무지 흠잡을 데가 없었다. 특히, 음악과 무대배경의 어울림과 배우들의 생동감 넘치는 연기가 주는 예술적 감화력은 대단하였다. 참으로 근년 이래 시안 희극계에서는 보기 드문 좋은 예술작품이다!"

낭독을 마친 송죽의 주위로 유한을 비롯해 시골처녀를 연기한 심승연과 목동 어머니 역할을 맡은 이경녀, 목동 아들 전영을 비롯해 한국이주민으로 무대에 오른 스무 명의 배우와 서른다섯 명의 한국혁명군이 에워싸고 있었다. 그들은 나는 듯한 기쁨 속에서 서로를 부둥켜안고 눈물을 쏟았다. 유한의 손을 꼭 잡고 있던 유안이는 이 벅차오르는 순간을 고스란히 느낄 수 있었다. 어서 아빠에게 제가 보고 들은 모든 것을 얘기해주고 싶었다. 어디서부터 얘기해야 할까? 어디서부터, 어떻게 말한대도 믿을 수 없을 것이다.

그만큼이나 믿을 수 없는 것이 또 하나 있었다. 바로 〈아리랑〉의 대성공이었다. 공연설명서를 쓸 때만 해도 유한은 지금의 성공을 떠올리기 어려웠던 것이다.

"지금 무엇이라고 했소? 오페라? 한 동지, 그런 한가로운 소리를 할 때가 아니오!"

유한의 귓가엔 불과 얼마 전까지만 해도 날아들었던 비판의 목소리가 아직 쟁쟁했다. 공작대 내에선 오페라의 이응 자도 모르는 이들이 대부분이었고, 무엇보다 일본과 총칼을 겨누고 있는 백척간두의 상황에서 군사 훈련보다 오페라 연습이 먼저라고 생각하는 사람은 드물 수밖에 없었던 것이다. 그러니 비아냥거리는 어떤 목소리 앞에서도 그는 동지들을 이해했다. 그는 묵묵히, 끈질기게 작품을 만들어갔다. 백 마디 말보다 하루하루의 실천과 생활을 통해 보여주었던 것이다. 그런 유한의 모습에 동지들도 차츰 마음의 빗장을 풀기 시작했다. 유한이 그만의 신념을 접었다면 작품은 빛을 볼 수 없었을 것이다.

'독립운동은 총칼로만 하는 것이 아니다, 백산 안희제 선생님처럼 항일운동의 군자금을 마련해주신 분도 계시지 않는가!'

그는 오랫동안 생각해왔다.

'시를 쓰는 자, 시로 독립을 외쳐라! 노래하는 자, 독립을 노래하리…'

그는 간사단 교관이라는 중책만 해도 몸이 고단했으나, 품은 뜻을 실현하기 위해 밤새 대본을 집필하고 작곡에 매달렸다. 마침내 공연을 올릴 의의 또한 갖추어졌다. 공연 수익금으로 전지 장병들에게 보낼 여름옷을 마련한다는 명분이었다. 더불어 길고 긴 항일운동으로 지친 사람들에게 이 싸움의 의의를 다시 한번 상기시키며, 한국과 중국 사이의 연대를 튼튼히 하기 위함이었다. 이를 위해선 단순히 노래와 대본이 있다고 가능한 것은 아니었다. 이를 실현시키기 위한 무대가 필요했으며, 결정적으로 함께 할 배우가 필요했다. 오페라가 뭔지는 몰라도 애국의 마음이야 누구보다 뜨겁던 한청반(한국청년간부훈련반) 대원들은 어느새 한 마음이 되어 있었다.

♪ 봄은 왔네 봄이 와

♪ 숫처녀의 가슴에도

그 마음은 봄이었다. 지금 고국은 차가운 마파람이 부는 겨울이다. 그러나 제아무리 견고하게 쌓인 눈도 얼음도 살랑이는 봄바람을 이기지 못하고 녹는다. 그 마음을 담은 노랫소리가 유안이의 귓가에 들려왔다.

♪ 나를 데려간다고

♪ 아장아장 들로 가네

유안이는 두리번거리고는 고개를 끄덕였다. 이 노래 역시, 유안이만 들을 수 있는 노래였다. 이젠 노래가 들려오면 어디론가 또 이동한다는 것을 알아차린 것이다. 이번엔 어디일까? 근데 아빠는? 아빠는 여전히 문화재 안내판만 내려다보고 있을까? 유안이는 아빠가 보고 싶기도 했지만, 이제 막 시작인 듯한 이 여행을 끝까지 따라 가보고 싶었다. 두근거리는 마음으로 눈을 감고, 유한 아저씨의 손을 꼭 움켰다. 노랫소리가 점점 커졌다.

♪ 산들산들 부는 바람

♪ 아리랑 타령이 절로 난다*

---

* 항일가극 〈아리랑〉에서 서곡에 이어 두 번째로 삽입된 곡으로, 시골처녀의 독창곡이다. 「한국산가(韓國山歌)」라고도 설명하고 있는 이 곡은 1930년대의 신민요 「처녀총각」으로 알려져 있는 곡이며, 한형석의 창작곡은 아니다. 신민요라는 명칭은 민요의 가락과 장단, 가사 등을 적극적으로 이어서 창작했거나 전통민요의 내용을 대폭 개작한 서민적인 노래들을 두루 일컫는 곡이다. 한형석은 작품에서 신민요 원곡을 그대로 사용하지는 않고, 변화를 주어서 제3곡인 「목가」로 이어지도록 만들었을 것으로 추측된다.

4. 소용돌이치는 역사의 한가운데 태어나다
(1910~1915)

끊임없이 배우고
드넓은 세계에 눈을 돌려야 한다

유안의 귓가엔 아기 우는 소리가 맴돌았다. 멀리서 희미하게 들려오던 소리는 점점 선명해졌다. 감은 눈꺼풀을 천천히 밀어 올린 유안이는 이번에도 제가 있는 곳이 어딘지 두리번두리번 천장을 올려다보았다. 그런데, 어쩐지 오른손 검지가 어떤 따스한 것에 의해 꼭 감싸 쥐어진 듯한 느낌이 드는 것이 아닌가! 그곳으로 얼른 고개를 떨어뜨리자, 아기 손이 나타났다.

유안이는 처음 보는 갓난아기의 손이 귀엽고 예쁘다는 걸 넘어 신비롭게 보이기까지 했다. 이렇게 작은 손에 손가락 다섯 개가 있다는 사실조차 새삼 신기했다. 그런 아기가 내 손가락을 꼭 쥐고 있다니, 유안이는 왼손으로 제 볼을 꼬집어보았다.

'아야!'

분명, 꿈은 아니었다. 그렇다고 현실도 아니잖아?

'나의 여행은 어디쯤 다다랐을까?'

'여긴 몇 년도일까?'

'대체, 이 아기는 누굴까?'

물음표들이 머릿속을 채워가는 그 순간, 어떤 생각이 번개처럼 유안이를 스치고 지났다. 유안이는 누가 알려주지 않아도 이 사랑스러운 아기가 누군지 알 것 같았다. 그 아기는 바로⋯

"우리 며늘아기, 정말 수고 많았다!"

긴 기다림의 끝을 알리듯 벌컥 문이 열렸다. 할아버지의 만면엔 숨길 수 없는 웃음이 만개해 있었다.

"아버님, 어머님⋯"

노부부는 갓 해산한 몸을 일으키려는 산모를 말렸다.

"아버님, 아기 이름은 어떻게?"

산모는 힘겹게 말을 이었다.

"다 생각해놓은 이름이 있다. 형석이라고 부르는 것이 어떠냐?"

산파가 아기를 포대기로 싸기 위해 아기의 양팔을 차렷 자세로 누였다. 자연히 아기 형석과 유안이의 손이 떨어졌다. 유안이는 싱긋 웃으며, 환한 세상에 갓 태어나 부신 눈을 꽉 감고 울고 있는 아기를 바라보았다. 산파는 아기를 산모의 품에 안겨주었다. 아기는 엄마 품에서 편안한 듯 울음이 조금씩 잦아들었다. 산모는 아기를 바라보며 산고

따위 까맣게 잊은 사람처럼 희미하게 웃으며 형석을 안았
다. 유안이는 산모의 뒤에서 아기의 머리를 살살 쓰다듬어
주었다. 그리곤 아무도 들리지 않게 혼잣말을 했다.

'아가야, 울지 마. 훗날 너는 아주 훌륭한 일을 해낼 사
람이란다…'

유안이의 그 말을 누가 듣기라도 한 것처럼 노부부가
행복이 넘치는 얼굴로 한마디씩 했다.

"우리 형석이는 누굴 닮아 이렇게 똑 부러지게 생겼을
까!"

"눈도 아주 땡글땡글하구나! 애비가 옆에 있었다면, 얼
마나 좋아했을까…"

할아버지가 할머니를 슬쩍 흘겼다. 그렇지 않아도 형석
의 어머니 이인옥은 남편이 그리웠다. 그녀는 속으로 남
편에게 말했다.

'당신, 여기 당신 닮은 아들이 태어났어요. 우리 머지않
아, 곧 만나요…'

어머니의 말은 오직 유안이만 들을 수 있었다. 유안이
는 궁금했다. 이 집의 아버지는 어디 가셨길래, 아들이 태
어났는데도 오질 않는 걸까? 할아버지는 아기에게 얼굴을
묻을 듯이 가까이에서 혀를 굴렸다.

"우르르 까꿍, 우리 형석이도 제 아비 따라 양의학 공부
를 시킬까?"

할아버지는 갓 태어난 아기에게 어울릴 만한 소리가 아니란 걸 알았지만, 기쁨을 감추지 못했다. 춤이라도 추고 싶은 걸 애써 참고 있다는 걸 누가 알까? 하지만 그 역시, 아범이 떠오르는 것은 어쩔 수 없었다. 그도 얼마나 제 아들이 보고 싶을까. 어떻게 지내는지, 얼마나 고생하고 있는지… 죽었는지 살았는지… 가족들은 형석 아버지의 근황에 대해 아는 바가 없었다. 그 근황도 모르는 세월이 수년씩이나 될 줄 누가 알았겠는가.

형석의 아버지 한홍교는 둘째 아이인 형석이 태어나던 해 의사 자격을 땄다. 부산 최초의 양의사가 탄생한 것이었다. 형석의 가족은 한마음으로 한홍교가 부산에서 병원을 차리길 바랐다.

고향에서의 삶… 그것은 안정된 생활이 보장된 삶이었다. 그가 원하기만 한다면 형석의 할아버지 한규용은 장남인 홍교에게 얼마든지 번듯한 병원을 마련해줄 수 있었다. 당시, 한규용은 교동(현재 동래)에서 연죽철(烟竹鐵)이라고 부르는 담뱃대 공장을 경영하고 있었다. 그런가 하면 농사지을 논도 가지고 있어, 생계의 어려움에 시달리지는 않았다. 물론 병원을 차린다는 것이 어디 경제적인 여력만 가지고 간단히 열어낼 수 있는 것은 아니었다. 한규용은 당시로는 드물게 신학문에 대한 열정이 매우 높은 사람이었다. 그는 장님인 홍교를 비롯해 자식들을 모아놓고는 이렇게 얘기하곤 했다.

"끊임없이 배우고 드넓은 세계에 눈을 돌려야 한다."

이같이 자식교육에 관한 각별한 관심 속에서 자란 아들 홍교가 양의학을 공부한 것은 어찌 보면 자연스러운 결과였을지 모른다.

형석의 아버지 한홍교는 1885년 11월 25일, 부산광역시 동래구 복천동 401번지에서 태어났다. 아버지를 닮아 공부에 대한 의욕이 대단했던 그를 두고, 동네에서는 천재가 났다는 소문이 자자했다. 충분히 그런 소문이 돌 만한 것이, 보통 사람들은 한글을 뗄 즈음인 7세 때 한문을 배우기 시작한 그는 열셋 나이에 이미 『사서삼경』과 『통감』 12권을 익히고 한시를 지은 것이다. 열여섯 나이에 두 살 연상인 이인옥과 결혼하여 훗날 둘째 아들인 형석을 포함하여 4남 3녀를 두게 되는데, 그의 학업은 결혼 후에도 계속 이어진다. 동래 지역 신학문의 진원지였던 개양학교와 삼락학교(지금의 동래고등학교)를 졸업한 그는 오래 결심해온 일본 유학길에 오른다. 1904년, 19세 홍교는 부모님과 사랑하는 아내, 갓 두 돌이 된 아들(형석의 형 한원석)을 두고, 동래 출신 최초의 일본 유학생이 된 것이다.

당시만 해도 일본은 우리보다 서양의 학문과 기술을 먼저 받아들였기 때문에 양의를 배우기 위해선 어쩔 수 없는 일본행이었다. 그러나 그는 6년간의 유학생활에서도 민족을 위한 마음을 저버린 적 없었다. 그런데, 그가 의사가 된 1910년 조국이 일제에 강점당하게 된다. 나라 잃은 아픔에 더해 일본에서 공부를 했다는 죄책감까지 홍교를 괴롭혔다. 그도 한 사람의 평범한 사람으로 아버지가 열어준 병원에 꼬박꼬박 출근하며, 동네에서 존경받는 의사로 살아갈 수도 있었다. 평온한 세월 속에서 아이들 크는 모습이나 원 없이 바라보며, 흐뭇한 미소를 입에 물고 살고 싶은 마음이 왜 없었으랴! 그는 자신을 기다리는 안락한 삶을 두고, 낯설고 고되며 위험하기 그지없는 길을 택했다. 그것은 바로 중국 상하이 망명길이었다.

1911년 10월, 홍교가 망명을 택할 즈음, 형석은 갓 걸음마를 뗀 아기였다. 젖먹이 아이로 불리고, 아이가 번듯한 어린이로 자라는 그 세월 동안, 세계는 요동치고 있었다. 홍교는 역사의 한가운데에 자신을 던졌다. 당시, 중국에서는 신해혁명(辛亥革命)이라 불리는 민주주의 혁명을 통해 중화민국이 탄생하고 있었던 것이다. 그런데 홍교는 이를 단순히 타국의 일이라 생각하지 않았다. 중국에서 일고 있는 혁명도 외세로부터 휘둘리는 나라를 바로 세우려는 민중들의 의지였다. 조국의 상황도 이와 다르지 않다고 생각했던 그는 상해적십자사 구호대에 들어간 후, 쑨원이 이끄는 중국혁명군에 입대하여 구호의장으로

서 여러 전투에 참전하였다. 공동의 적인 일제의 지배에
서 벗어나는 길은 한중연합전선의 형성이라고 생각했던
것이다. 당시 혁명군지도자 쑨원은 형석의 아버지를 만나
이렇게 말했다.

"나도 한 동지와 같은 의사 출신이오. 그러나 한 사람의
병자를 치료하는 것보다 병들어 죽어가는 겨레와 나라를
살리는 일이 더 큰 일이 아니겠소? 이렇게 동지를 만나 무
척 반갑소!"

홍교 역시 동지로 맞아주는 쑨원에게 고마움을 표시하
며, 더불어 부탁을 했다.

"우리들은 원래 형제의 나라이므로, 주어진 의무를 다
했을 뿐입니다. 다만, 바라는 것이 있다면 장차 우리나라
가 독립을 위해 치열한 싸움을 벌이게 될 터인데, 그때 성
원을 보내 달라는 것입니다."

이듬해 홍교는 북벌혁명군 적십자구호대장이 되었으
며, 난징 함락 전투에서 큰 공을 세워 총사령관 황홍 장군
으로부터 상금 5백 냥과 훈장을 받기도 했다. 난징에 혁명
정부가 수립되자, 황 장군의 소개로 홍교는 한국독립당의
지도자 신규식, 조성환을 만났으며, 그들은 돈 1천 냥을
중국혁명정부 군사자금으로 기증했다. 한홍교, 쑨원, 황홍
장군은 자주 만나 한국의 독립운동에 관한 의논을 했다.

혁명이 잠시 숨 고르기를 하는 동안, 홍교는 항저우와

베이징에서 의학전문학교 교수로 재직하기도 했다. 하지만 식민지배의 조국의 상황을 떠올리면 피가 뜨거워져 그는 상하이로 돌아와 신규식, 조성환 등의 동지들과 함께 동제사(同濟社)를 조직하기도 했다. 그는 독립운동가들의 의료를 전담하며 동시에 한중호조사(韓中互助社)를 조직해 중국인 가운데 뜻을 함께하는 사람들을 모으는 책임을 떠맡기도 했다. 중국에서 홍교의 역할은 일일이 헤기 어려울 만큼 많았다.

　　　놀에 물든 구름 너머엔
　　　　　　그리운 마음들과 나라의 운명이 있어

　형석이네는 어머니, 형, 할아버지, 할머니는 물론이고, 고모, 삼촌, 할아버지 공장의 식구들까지 다 함께 살아가는 대가족이었다. 열 손가락으로는 다 헬 수도 없는 4대(代) 열두 식구에다 공장직공들을 합치면 30여 명에 이르렀다. 가족이라야 아버지뿐인 유안이로서는 그런 대가족의 풍경은 상상해본 적도 없었다. 북적북적 사람 냄새 나는 곳에서 형석은 차돌처럼 단단하고 대나무처럼 무럭무럭 커갔다. 유안이의 여행도 화면을 빠르게 돌린 것처럼 몇 해를 건너뛰었다.

여섯 살이 된 형석은 몸이 자란 만큼 아버지를 그리워하는 마음도 커져만 갔다. 그것은 어머니도, 형도, 삼촌도 채워줄 수 없는 자리였다. 그런 마음을 유안이는 알 것 같았다. 유안이는 삼십 줄의 형석도 만나보았고, 사십 대의 형석에겐 말도 붙여보고 대화를 나누기도 했지만, 이 꼬마 형석에겐 쉽사리 말을 붙일 수 없었다. 혹시라도 형석이 무서워하거나 혼란스러워할 수도 있었기 때문이다. 그래서 유안이는 늘 형석의 가까이에서 손을 꼭 잡아주거나 토닥거려주기만 했다. 아버지를 그리워하는 꼬마를 보는 것이 제 모습을 보는 것만 같았기 때문이다.

'혹시, 엄마도 말없이 내 곁에 있어 주었던 것은 아닐까!'

유안이는 문득 그런 생각이 들었다. 엄마도 마음속에 그리움의 자리를 만들어놓은 나를 위해, 놀랄까 봐 다정한 말 한마디 걸어주지 못하고 꼭 안아주기만 했던 것은 아닐까. 유안이는 고개 들어 하늘을 올려다보았다. 저기 먼 구름 한 조각이 떠가고 있었다.

"형, 나 잡아봐라."

형과 뛰노는 형석의 웃음소리가 하늘로 오르고 있었다. 하늘 아래 형석이 살고 있는 마을은 유안이 살고 있는 이즈음 부산의 모습과는 많이 달랐다. 포장도로가 깔리지 않은 길은 비가 오면 개흙처럼 빗물이 고여 첨벙거리기

일쑤였고, 그나마 바퀴 달린 것들이 지나는 길만 단단한 흙이 내깔려 있었다. 지금처럼 하늘에 닿을 듯 치솟은 아파트도 볼 수 없어, 날이 좋으면 논밭과 산이 아주 먼 데까지 눈에 들어왔다. 기와집들 사이로 초가를 엮은 집도 많았다. 형석이와 형은 날이 좋으면 봉천관이 있는 온천장까지 내달아가기도 했고, 그 일대를 왕복했던 경편열차가 달리는 모습을 구경하기도 했다. 장터가 서면 원 없이 사람 구경을 하는 날이었다. 사람만 구경하는 것이 아니라 소, 돼지, 닭 같은 가축부터 세상 돌아가는 소식까지 없는 게 없었다. 없는 것이란 일본놈들이 조선 땅에 지은 죄를 반성하고 있다는 소식과 아버지가 우리 형석이 보고 싶어 집에 와 계시다는 이야기뿐이었다.

조선시대에는 고을마다 지금의 학교와 같은 기능을 하는 향교(鄕校)가 있었다. 그래서 향교가 있는 마을엔 '교'를 붙여 부르는 경우가 많았다. 먼구름 한형석이 나고 자란 마을도 그 같은 이유로 '교동(校洞)'이라 불리고 있었다. 지금의 부산을 예전엔 '동래'라고 불렀는데, 이 동래 안에서도 향교가 여러 차례 자리를 옮기면서 '교' 자가 들어간 이름들이 생겨났다. 그중 형석의 고향마을은 '신향교동'이라 불리다가 형석이 태어나기 몇 해 전인 1906년부터 그 이름이 '교동'이 되었고, 해방 전 1942년부터 유안이가 알고 있는 이름인 '명륜동'을 갖게 되었다.

형석과 형 원석은 아이답게 망아지처럼 온 동네를 누비
며 놀다가도 구름을 물들이며 떨어지는 놀을 보면서는 위
태로운 나라의 운명을 떠올리곤 했다. 그러면 꼭 아버지
생각이 겹쳐지며, 집으로 돌아가는 발걸음이 무거워졌다.

"형아."

"응?"

"아버지는 어떤 분이야?"

"나도 얼마나 어릴 적이었는데 기억 안 나지."

실은, 원석도 아버지에 관한 기억이 남아 있질 않았다.
형석보다 여덟 살이나 많았지만, 그 역시 아버지와 보냈
던 시간은 너무도 짧았기 때문이었다. 원석은 방금 전까
지만 해도 땀을 쏟으며 신나있던 형석의 풀죽은 모습이
안쓰러웠다. 여섯 살은 마냥 해맑기만 해도 모자랄 나이
였다. 형석은 얼른 말을 이었다.

"그래도 가끔 어머니가 말씀해주시는 아버지의 모습을
떠올려볼 수는 있지. 형석이도 알지?"

"맞아. 아버지는 한문도 잘 아시고, 일본말도 중국말도
다 잘하시는 분이랬어."

형제는 어머니뿐만 아니라 마을 사람들과 집안 어른들
로부터 알음알음 들어온 아주 작은 얘기들까지, 아버지에
관한 것이라면 빠짐없이 기억하려고 애썼다.

"우리 아버지, 엄청 똑똑하시지?"

형석이 금방 뿌듯한 얼굴이 되어, 원석에게 확인하려 들었다.

　"맞아. 그런데, 똑똑하다고 해서 다 대단하고 멋있진 않잖아?"

　"응?"

　"아버지는 단순히 똑똑하신 분이 아니라, 큰일을 하시는 분이셔."

　"큰일?"

　"응. 바로 빼앗긴 나라를 되찾기 위해 자신을 던지는 일이지."

　"형, 그럼 난 큰일 하시는 아버지 보고 싶어 하면 안 돼?"

　"안 되긴, 자식이 아빠 그리워하는 건 참는다고 참아지는 게 아닌걸?"

　유안은 형석의 옆에서 따라 걸으며, 형제의 대화를 들었다.

　'맞아. 참는다고 참아지는 게 아니지…'

　"그렇다고 마냥 울고 있을 수만은 없잖아?"

　형의 말에 혼자 생각에 빠져있던 유안이 다시 귀를 쫑긋 기울였다.

　"그럼 어떡해?"

　형석이 물었다. 원석이 형석의 어깨에 팔을 두르고는 입을 열었다.

"나도 어서 자라서 큰일을 하고 싶다, 아버지 곁으로 가고 싶다는 생각을 해야지."

"형, 나도 아빠처럼 큰일을 하고 싶어."

"그럼, 아버지 다시 만날 날까지 어서어서 자라야겠는걸?"

두 형제의 머리 위로 새 한 마리가 날아갔다. 새는 날갯짓을 하며 멀리 떠가는 구름을 향해 나아갔다. 원석, 형석, 유안은 더는 눈이 좇을 수 없을 때까지 새를 바라보다 가던 길을 재촉했다. 유안이는 저 새에게 꼬마 형석의 마음을 묶어 아버지 계신 곳까지 날아갔으면 바랐다. 그렇담 엄마는?

'엄마는 내 옆에 있으니까… 괜찮아. 그렇지?'

5. 조국의 어제를 들여다보다(~1910)

'강화도조약'부터
'동학농민운동'까지

　형석과 원석이 뛰노는 들과 그들이 마시는 물, 하늘 아래 모든 공기 속엔 더불어 살아가는 자연의 섭리가 녹아들어 있었지만, 바다 건너 일본은 호시탐탐 우리나라를 노리고 있었다. 일본만이 아니었다. 동북아시아의 중요한 거점인 우리나라를 두고 청나라와 러시아, 서구열강들은 모두 제각각의 이유로 군침을 흘리고 있었다. 이중, 그 야욕을 가장 노골적으로 드러낸 것이 일본이었다. 그들은 어떻게 이 땅의 평화를 짓밟고 집어삼킬 수 있었던 걸까.

　시계는 1885년생인 형석의 아버지가 태어나기 한참 전이었던 1876년으로 돌아간다. 그해, 일본은 우리와 '강화도조약'이라는 노골적인 불평등 조약을 체결한다. 조약의 내용도 내용이지만, 군사력을 동원한 그 수법이 악랄하기 그지없었다. 그들은 '운요호'라는 배를 조선의 수도 한양과 지척에 있는 강화도로 출동시켜 남의 나라 영해를 얼씬거렸다. 이를 본 우리 수군은 당연히 정당방위의 공격

을 하게 되는데, 이것이 일본 입장에선 아주 좋은 구실이
되고 말았다. 전력상 압도적인 우위를 가지고 있던 그들
은 근대식 대포로 초지진에 맹렬한 포격을 가하고, 영종
진에 상륙해 일방적인 살육과 방화, 약탈을 저지른 것이
다. 그들은 이 같은 만행으로도 모자라 운요호사건을 빌
미 삼아 병자수호조약, 즉 강화도조약을 추진하는데, 나
라 간의 성숙하고도 정상적인 절차를 무시한 조약의 체결
로 조선은 개항정책을 취할 수밖에 없게 된다. 이 조약을
한반도 침략의 첫 단추라 보는 까닭은 그들이 정치적, 군
사적 침략의 꿍꿍이를 현실화시키기 위해선 굳게 걸어 잠
근 문부터 부수고 들어가야 했기 때문이다. 그렇게 외세
에 의해 갑작스레 열린 대문으로 열강들은 너도나도 발을
들이밀기 시작했다. 그들의 도마 위에 조선이라는 나라가
오른 것이다.

　운요호사건은 국내 정치도 소용돌이로 몰고 간다. 충격
적인 완패 앞에 당시 문호를 굳게 닫아 다른 나라와 통상
하지 않던 정책을 고수하던 흥선대원군의 위상이 뚝 떨어
진 것이다. 그렇게 고종을 사이에 두고, 고종의 아버지인
대원군을 위시한 척사위정세력과 고종의 아내인 명성황
후로 대변되는 민씨 세력이 대립하게 된다.

　강화도조약의 체결 이후, 조선은 자의 반 타의 반으로
근대 문물을 받아들일 수밖에 없게 되었다. 이에 일본에

는 수신사를, 청나라에는 영선사를 보내 이른바 '근대'를 배워오도록 한다. 한편, 조선에도 서구와 같은 강력한 신식군대를 만들기 위해 1881년, '별기군'이 창설되었다. 그런데 이 군대는 고종의 뜻과 달리 일본인 교관에 의해 훈련되고 소총을 기증받아 만들어져 '왜별기', 즉 일본의 별기군으로 불리게 된다. 특히, 이들에게 불만을 가진 것은 구식군대였다. 별기군이 좋은 대우를 받을 동안, 이들의 처지는 비참했다. 당시엔 월급으로 봉급미(米)라 불리는 쌀을 지급받았는데, 구식군인들의 봉급미가 일 년 넘게 나오지 않았던 것이다. 그러던 차에 쥐꼬리만 한 한 달 치의 급료를 받아 든 구식군인들은 기어이 분통을 터트리게 된다. 왜냐하면 사람이 먹을 수 없는, 모래가 반나마 섞인 쌀이 지급됐기 때문. 1882년, 이들 구식군인들이 일으킨 난을 '임오군란'이라고 부른다.

　이 난은 별기군과 일본세력의 배척운동이라는 성격을 지니고 있었는데, 이를 뒤에서 조정한 것은 정치적 재기를 노린 대원군이었다. 그는 이 구식군대의 분노를 이용해 명성황후를 제거하려 했으나, 그들이 창덕궁 돈화문 안까지 난입했을 때, 궁녀의 옷으로 변장한 황후는 이미 궁궐을 탈출한 후였다. 겨우 목숨을 부지한 황후는 청나라 군대를 끌어들여 대원군을 납치하고, 민씨정권을 다시 세우는 것으로 이 군란과 대원군의 재집권을 종식시킨다.

이로써 조선은 청나라에 의해서도 심한 내정 간섭을 받게
됐다.

그즈음 일본은 일본대로 또 이를 빌미 삼아 조선정부에
'제물포조약'을 맺게 한다. 조약엔 군란주모자 처벌과 정
부의 공식 사과는 물론이고, 일본 공사관에 일본 군대의
유치를 허용한다는 점이 들어있다. 남의 나라에 버젓이
군대를 들이밀고 와 있겠다는 말인데, 생각할수록 어처
구니없는 조항이 아닐 수 없다. 사실상 조선을 자주국으
로 인정하지 않은 것이다. 군변으로 시작된 이 난은 대외
적으로 청나라와 일본의 조선에 대한 권한의 확대를 낳았
고, 대내적으로는 '갑신정변'의 바탕이 되었다.

임오군란은 한편으론 청나라에 의지하여 정권유지를
꾀하였던 민씨정권의 실체를 세상에 드러낸 계기가 되었
다. 김옥균, 박영효, 서광범, 서재필, 홍영식 등의 열혈 청
년지식인들이 보기에 청과 조선의 관계가 영국을 비롯한
서구 열강들이 그들의 종속국을 만들어가는 과정과 너무
도 비슷하게만 보였다.

'하필, 그것도 청나라라고?'

그들의 눈엔 청도 아편전쟁 등으로 이미 기울어가는 나
라일 따름이었다. 그렇다고 타도의 대상인 민씨정권에 나
라를 계속 내어줄 수도 없었다. 1884년, 이들은 우리나라

최초로 우편 업무를 보는 기관인 우정국에서 축하연이 열리는 날, 민씨 세력을 제거하기 위한 정변을 일으킨다. 그들은 왕과 왕비를 창덕궁에서 경우궁(景祐宮)으로 옮겨 일본군 이백 명과 오십여 명의 조선군인으로 호위케 하여 정권을 장악하는 데 성공한다. 그들은 자신들의 개화사상과 그에 입각한 정강을 발표하지만, 이번에도 청나라군의 원병을 요청한 명성황후에 의해 정변은 삼일천하에 그치고 만다. 그렇게 된 데에는 전세의 불리함을 깨달은 일본이 개화파라 불리었던 이들과의 약속을 파기하고 군인을 철수시킨 탓이었다. 일본은 철저히 그들의 이익만을 위해 움직였으며, 이전에 여러 차례 그랬듯 이 갑신정변을 통해서도 그들은 침략을 위한 은밀한 발자국을 내디딘다. 청나라든 일본이든 조선에서 변란 등의 중대한 사건이 일어나면 군대를 파견시키는 권리를 갖는다는 것이었다.

1885년 맺은 이 '텐진조약'은 훗날 우리 민중의 주체적인 의지로 일어난 동학농민운동을 처절하게 짓밟는 외세를 불러들이는 구실이 되고 만다. 사흘 만에 막을 내린 갑신정변은 위로부터 시도한 최초의 개혁운동이었으나, 민중들의 지지 없이 일본의 세력을 등에 업고 일으킨 정변이라는 데서 그 주체성을 인정받을 수는 없다.

갑신정변이 소수의 개화파들에 의한 개혁운동이라면, 그로부터 십 년 후 일어난 '동학농민운동'은 우리 역사에서 가장 광범위한 민중들이 참여한 반봉건·반외세 혁명이라고 볼 수 있다. 그 무렵, 조선은 안으로는 관료들의 부패로 봉건질서의 불평등이 나날이 심화되었고, 밖으론 제국주의 열강에 나라를 송두리째 뺏기기 직전이었다. 외세는 강화도조약을 시작으로 무능한 조정으로부터 각종 독점권을 얻어내 조선의 살림을 거덜내갔다.

물론, 사회구조적 모순이 있다고 해서 민중들이 즉각 변혁에 나설 수 있는 것은 아니다. 변혁적인 사상과 조직, 그리고 정치 행동의 경험이 있어야 민중은 그 거대한 몸뚱어리를 움직인다. 19세기 후반, 최제우가 창시한 동학이 그런 조건을 제공했다.

1894년, 전봉준을 선두로 타오르는 농민군의 분노는 거침없이 전주성을 함락시키고 조정으로 향한다. 민중들의 승리가 코앞에 있는 듯했다. 그러나 정부는 또다시 청나라를 불러들인다. 기회만 노리고 있던 일본 역시 톈진조약을 근거로 군대를 인천에 상륙시킨다. 일본군을 철수시켜야 한다는 공통의 의식을 나눈 농민군과 조정은 전주에서 화약을 맺는다. 이때, 농민군은 집강소를 설치하여 직접 폐정 개혁을 실행하였다. 폐정 개혁안은 토지를 재분배하고 신분 차별 폐지와 노비 해방, 횡포한 양반과 탐관오리 처벌, 세제개혁으로 압축된다. 이것은 봉건사회의 근간을 흔들고 근대로 나아가는 높은 수준의 개혁이었다.

그러나 이들이 꾸었던 꿈은 끝내 좌절되고 만다.

한반도 내에서 청나라와 일본이 격돌한 것이었다. 이 전쟁에서 승리한 일본은 이제 거침없이 조선 땅의 주인 행세를 하기 시작한다. 일본을 몰아내기 위해 진공을 결심한 동학군과 일본군은 그 길목인 우금치에서 맞붙는데⋯ 이 싸움은 화력을 앞세운 일본군의 압승이었다. 일방적인 도륙이었다. 이후 동학군은 한 달 이상 전라도와 경상도 일대에서 일진일퇴를 거듭하며 항전했으나, 1895년, 20만 명 이상이 살해되며 동학군은 완전히 진압되고 말았다. 그러나 이 혁명의 집단적 기억과 높은 정신은 홍교의 귀에 꽂은 청진기 끝에도, 형석이 노래하는 선율에도, 우리 민족과 역사에 면면히 흐르고 있다.

'을미사변'부터
'경술국치'까지

'청일전쟁'이 일본이 승리로 돌아간 뒤, 조정은 친일내각이 자리를 차지한다. 하지만 조선을 두고 군침을 흘리던 러시아의 견제도 치열했다. 이를 주도한 것이 바로 명성황후였다. 일본은 이 걸림돌과 같은 한 나라의 황후를 '암여우'라 불러왔다. 1895년, 그들은 주한일본공사로 무인 출신인 미우라를 파견하여 여우사냥을 준비한다. 일본은 늘 그랬듯 기습적으로 어둠이 내린 경복궁을 진입했다. 사무라이 칼을 찬 이들은 궁녀 복장으로 위장한 황후를 찾아내 시해하고 기름을 부어 불을 지르는 등, 끔찍한 방법으로 한 나라의 국모를 살해한 것이다. 그러나 살인에 가담한 자들은 모두 일본으로 돌아가 뻔뻔하게도 증거불충분으로 전원 무죄 석방된다. 이를 '을미사변'이라 부른다.

이 믿을 수 없고 충격적인 사건은 반일의 기운이 끓어오르게 했고, 전국 각지에서 의병항쟁이 일어난다. 이를 진압하기 위해 김홍집 내각은 중앙의 친위대 병력까지 동원하게 되었다. 이로 말미암아 수도경비에 공백이 생기게 되는데, 고종과 당시 친러파였던 이완용을 비롯한 무리들은 그 사이, 일본이 황후를 시해했듯이 또다시 극악무도한 짓거리를 벌이지 않을까 두려움에 떨고 있었다. 이에 고종과 왕세자는 1896년부터 약 1년간 조선의 왕궁을 떠나 러시아 공관(아관)으로 거처를 옮기게 되는데(파천), 이를 '아관파천'이라 부른다. 파천 직후 친일파 대신들이 실각하고, 조정은 친러 인사들이 대거 득세하게 된다. 이를 계기로 조선은 러시아의 강력한 영향권 아래 들어가게 되어, 훗날 일본과 러시아는 조선을 두고 맞붙게 된다.

한편, 을미사변이 있고 몇 개월 뒤, 해를 넘겨 21세가

된 청년 김구는 국모를 시해한 일본의 원수를 갚기 위해 황해도 어느 식당에서 한 사내를 죽인다. 그 사내는 조선인 행세를 하고 있는 왜놈이었고, 흰 두루마기 밑에 칼을 숨기고 있었다. 청년 김구의 눈에는 저 수상쩍은 놈이 민황후를 살해한 미우라처럼 보였다. 섣부른 넘겨짚기처럼 보이겠지만, 그는 이렇게 생각하기로 했다.

"여하튼 칼을 차고 숨어다니는 왜인이 우리 국가와 민족의 독버섯인 것은 명백한 사실이다. 내가 저놈 한 명을 죽여서라도 국가의 치욕을 씻어 보리라."*

김구는 사건 현장에서 살인 이유를 또렷이 밝히고는 식당 주인을 시켜 자신의 거처를 적은 포고문을 길거리 벽에 붙이게 했다. 집에서 의연히 체포된 김구는 이후 사형수가 되어 집행을 기다리던 중, 고종의 전화를 받게 된다. 덕수궁에 자석식 전화기가 설치된 지 사흘째 되던 날이었다.

이관파천 후 지속적으로 영향력을 확대해가던 러시아와 일본의 양 제국주의 진영은 1904년부터 이듬해까지, 만주와 조선의 지배권을 두고 전쟁을 벌인다. 이를 '러일

---

* 김구, 도진순 주해, 『백범일지』, 돌베개, 2002, 93쪽.

전쟁'이라 일컫는다. 미국과 영국 등의 지지를 업은 일본
은 러일전쟁에서 승리를 거둔다. 1905년, 미국은 싸움을
벌인 두 나라를 불러 '포츠머스강화조약'을 맺도록 한다.
한반도에서 일본의 권리를 인정한다는 내용이 담겨있는
조약이었다.

　이후, 일본은 이토 히로부미를 보내 고종에게 대한제국
의 외교권을 넘기고, 일본의 보호국으로 남으라고 한다.
고종이 이를 수락할 리가 없자, 일본은 이완용을 비롯한
다섯 명의 대신을 앞세워 국제법상 인정받을 수 없는 '을
사늑약'을 맺는다. 불과 얼마 전까지 친러파였던 이완용은
친일로 재빨리 옷을 갈아입은 것이다. 우리 민족은 그들
을 '을사오적'이라 부른다.

　이 말도 안 되는 기만적인 조약의 체결 후, 조국의 독립
을 지켜야 한다는 일념으로 민영환은 유서를 남기고 순국
자결했다. 그처럼 많은 애국지사들의 자결이 잇따랐다.
또한 황성신문의 사장이자 주필이었던 장지연은 '시일야
방성대곡'이라는 항일 논설을 발표하고, 나철과 오기호는
을사오적을 차단하자는 암살단을 조직하기도 했다. 장인
환과 전명운은 샌프란시스코에서 이 을사늑약에 관여한
친일 미국인 스티븐스를 처단했다. 이처럼 우리 민족의
저항은 나라 안팎을 가리지 않았다.

　1907년, 고종은 네덜란드 헤이그에서 열린 제2회 만국

평화회의에 특사를 파견한다. 불법적으로 강제로 체결된 을사늑약의 무효를 폭로하고 열강들에게 한국의 주권회복을 호소하기 위한 것이었다. 그러나 제국주의적 세계질서 속에서 열강들이 입에 올린 평화는 저희들만의 것이었다. 일제 또한 이 특사의 활동에 끊임없이 훼방을 놓았다. 이준 열사는 이에 죽음으로 항의하였다.

당시 통감이었던 이토 히로부미는 고종에게 특사파견의 책임을 추궁하여 강제로 퇴위시킨다. 민족의 원수이자, 일제의 상징이었던 그는 1909년 10월 26일, 중국 하얼빈 역에서 그 죗값을 치른다. 안중근 의사의 총이 그를 향해 불을 내뿜은 것이다. 이 총탄으로 놈의 목숨은 거두었지만, 조국의 참혹한 운명마저 되돌릴 수는 없었다. 1910년 8월 29일, 한일합병조약이 발표된 것이었다.

"한국 황제 폐하는 한국정부에 관한 일체의 통치권을 완전, 또 영구히 일본 황제 폐하에게 양여한다."

—한일합병조약 제1조

대한제국은 일본의 완전한 식민지가 되었다. 역사상 처음으로 국권을 상실한 이 날을, 우리는 경술년에 당한 나라의 치욕이라고 하여, '경술국치(庚戌國恥)'라고 부른다.

아. 식민지배라는 절망적인 현실이 아니었다면, 홍교의

삶이나 형석의 삶은 달라졌을 것이다. 아버지가 갓 태어
난 아들과 떨어져 지내야 할 일도 없었을 테다. 그렇게 부
자(父子)는 이 땅의 현실에 가슴 아파하며, 조국과 민족을
위한 삶으로 뚜벅뚜벅 걸어 들어갈 수밖에 없었다.

6. 그렇게, 소년은 성장한다(1915~1929)

나라를 잃은 자에게
진정한 행복이란 무엇인가

새에게 실어 보냈던 아버지를 향한 마음이 닿은 걸까. 어느 날, 형석의 삼촌 한정교가 가족들을 마당으로 불러 모았다. 형석의 할아버지는 직감적으로 알 수 있었다. 바로, 아들 홍교에 관한 소식이라는 것을. 그는 눈을 감았다. 어떤 소식이 날아들더라도 쓰러지지 않으리라 다짐하고 두 다리에 힘을 주었다.

'며늘아기를 생각해서라도… 아범아, 제발 무사해라.'

할아버지는 열여덟 어린 나이에 시집와서 신랑 품에 몇 날 안기어보지도 못했던 형석의 어미를 생각했다. 유안은 기도하듯 두 손을 모은 할아버지 대신, 어머니의 손을 잡아주었다. 그녀의 떨림이 느껴왔다. 삼촌 역시 놀란 마음을 진정시키느라 쉬 입을 떼지 못했다.

"혀, 형님은 중국에 계신대요. 그곳에서 의사 일을 하고 있답니다!"

가족들은 떨려 나오는 삼촌의 음성을 좇다가 한참 만에

깊은 숨을 내쉬었다. 형석은 아버지가 살아 계시다는 말에 며칠은 나는 듯이 기뻤다. 그런데, 시간이 지날수록 가슴팍이 무거워지면서 갑갑증이 일었다. 아버지 소식을 듣기만 해도 소원이 없을 것만 같았던 형석이었지만, 막상 아버지가 살아 있는데도 볼 수 없는 곳에 계신다는 사실이 이 소년을 괴롭혔다. 형석은 밥맛이 없었고, 원석과 뛰노는 것도 재미가 없었다. 그런 형석의 모습을 본 할아버지가 어머니를 불렀다.

"우리 걱정은 말고, 아이들을 데리고 아범이 있는 곳으로 가거라."

어머니는 어리둥절했다. 아범이 있는 곳은 어디 옆 동네가 아닌 중국이 아닌가! 어머니는 중국말, 일본말은 입도 뻥긋할 줄 모르는 데다 나들이라고 해봐야 동네 밖을 벗어나 본 적도 없는 사람이었다. 그런 어머니의 표정을 보면서 다 계획이 있다는 듯 할아버지는 의미심장한 고갯짓을 보였다.

당시 열아홉이던 삼촌을 원정대의 선봉에 세운 것이었다. 길 떠나기 전, 원정대는 할아버지께 인사를 드렸다. 할아버지는 만감이 교차하는 표정으로 형석을 콕 집어 이리 오라고 손짓했다. 그리곤 쏙 안아주었다.

"형석아, 꼭 아버지를 모셔 와야 한다."

형석은 할아버지의 콧수염이 간지럽기만 했다. 그렇게

형석이는 어머니와 형, 삼촌과 함께 아버지를 만나기 위한 중국행에 올랐다. 그의 나이 여섯 살, 1915년 5월의 하늘엔 새털처럼 가벼운 구름이 높이 떠 있었다.

형석의 가족은 일본을 거쳐 중국으로 가는 장거리 뱃길에 올랐다. 여행길은 여간 고생스럽지 않았지만, 난생처음 아버지를 만난다는 설렘을 꺾을 수는 없었다. 그러나 뱃멀미에 시달린 어머니는 일본에 내리자마자 반송장이 되어 삼촌에게 업혀 여관으로 들어갔다. 원정대는 상하이로 가는 배를 타기 위해 나가사키로 향하는 기차를 탔다. 형석의 가족은 배도, 기차도 모두 처음이었다. 그들은 그곳에서 3일을 기다려 중국으로 가는 배에 몸을 실을 수 있었다. 같은 시각, 상하이에선 가족을 만나기 위해 형석의 아버지 역시 중국인 친구의 병원에서 3일간 뜬 눈으로 그들을 기다리며 상봉을 준비했다.

형석의 아버지 홍교는 1914년 상하이에서 천동동제의원이라는 병원을 개업하지만, 중국 3차 혁명으로 인한 사회적 기반이 탄탄하지 못했던 현지 상황 때문에 오래 가지 못했다. 홍교는 의학전문학교 교수직을 나와 다시 독립운동에 몸을 바쳤던 것처럼 병원 문을 닫고 다시 절강성 가흥이라는 곳에서 빈민구제 진료소를 운영하며 동제사와 한중호조사의 활동을 이어갔다. 형석이 아버지를 처음으로 상봉한 것도 그즈음이었다.

유안은 깜짝 놀랐다. 병원 문이 부서질 듯 열리면서, 웬 중국인 아저씨가 뛰어나온 것이다. 그는 삼촌을 와락 껴안으며 "정교야!"하고 소리쳤다. 형석도 놀라긴 마찬가지였다. 대체 이 사람이 누군가 휘둥그레진 것이다. 그 사내가 아버지라는 사실을 알아차리는 데는 오래 걸리지 않았다. 그는 곧이어 형석, 원석 형제를 아프도록 세게 안아주었다. 형석은 아버지가 아니면, 이렇게 세게 안아줄 리 없다는 걸 알아차렸다.

"원석이 이놈! 정말 많이 컸구나!"

아버지는 형과 형석을 번갈아 보았다.

"가만 너는 이름이 뭐라고 했지?"

쉽게 입술을 떼지 못하는 형석을 대신해, 형이 "형석이요" 하고 대답했다. 아버지는 그제야 함박웃음을 지으며, "내가 네 아버지란다"라고 했다. 그러면서 따가운 턱수염을 어찌나 비비던지 형석은 발버둥을 칠 수밖에 없었다. 아버지는 한참 만에야 아들들을 내려놓고는 조용히 눈물만 훔치고 있던 아내에게 다가갔다. 두 사람은 말없이 손을 맞잡았다. 그들에겐 아무 말도, 아무 소리도 필요하지 않았다.

형석의 가족은 그날 밤, 난생처음으로 상하이의 밤거리를 구경했다. 형석은 아주 오랜 훗날, 60여 년이 흘러 이

날을 이렇게 회상한다.

　높은 빌딩의 숲, 휘황찬란한 전깃불, 꽤 많았던 자동차를 본 것 외 나에게 별로 기억되는 일은 없다. 그러나 그때가 내 일생 가장 즐거웠던 한때였음은 잊히지 않고 있다. 나도 다른 아이들과 같이 아버지, 어머니의 손에 이끌려 뛰고 매달리며 어리광을 부리고 귀염을 독차지해본 첫 경험이기 때문이다. 어머니의 밝은 웃음도 그때 처음 보았다.*

　유안이도 내 삶의 가장 행복한 순간은 언제일까 곰곰이 생각해보았다. 그러나 생각의 물꼬를 어떻게 돌려도, 그곳에서 마주하는 건 엄마였다. 그 시절은 이미 흘러가버렸지만, 아직 오지 않은 수많은 시간이 유안이를 기다리고 있다고 생각하면 마냥 슬프지만은 않았다.
　'지금, 이 영문을 알 수 없는 여행만도 얼마나 즐겁고 많은 것을 배울 수 있는 여행인가!'
　유안이는 형석이 그랬듯, 저도 먼 훗날 엄마를 만나러 가면 이 모든 이야기를 꼭 하리라 마음먹었다.
　눈물겨운 상봉의 기쁨을 나눈 형석의 가족은 의학전문학교 동창 장지신의 저택에 머물렀다. 형석은 그곳에서

---

* 생전 한형석이 〈부산일보〉에 1977년 9월부터 11월까지 총 38회에 걸쳐 연재한 「나의 인생, 나의 보람」 가운데

지내는 동안, 형과 함께 중국어를 배우기 시작했다. 할아버지, 아버지에 이어 배움에 대한 열의가 있었던 형석은 불과 일 년도 못 되는 시간 만에 금세 외국어를 익혀 육영소학교에 입학하게 되었다. 중국에서의 생활도 빠른 속도로 안정세를 찾기 시작했다. 떨어져 지냈던 가족이 하나로 뭉쳤기 때문일까. 형석의 가족은 금방 집 한 채를 얻어서 살 수 있었다. 이미 긴 시간 독립운동에 헌신했던 아버지를 보고 많은 사람들이 그 집을 찾아들었다.

한편, 형석의 어머니는 큰 뜻을 펼치며 살아가는 남편이 자랑스러웠지만, 고국에 남겨진 부모님을 걱정하지 않을 수 없었다. 그녀는 홍교를 설득하여 부산으로 돌아가고자 하였다. 그런 그녀가 할 수 있는 설득이란, 홍교에게 장남의 도리를 강조하는 것뿐이었다.

"여보, 늙으신 아버님 어머님을 생각해보셔요."

"아버님과 어머님껜 서로가 있지 않소. 그리고 공장의 식구들이 남도 아니고, 걱정하지 마시오!"

그는 일부러 매정하게 말을 했다. 대식구를 건사하기에 부모님이 너무 연로하시다는 사실을 모를 리 없었다.

"어찌 그리 말씀하십니까? 조국을 품은 당신의 그 깊이를 모르는 바 아니나, 장자로서 자식의 도리는 해야 하지 않겠습니까? 더 큰 불효를 짓기 전에 돌아갑시다. 아이들의 교육 문제도 있지 않습니까?"

"효를 다하기 위해 나라에 불충(不忠)한다면, 그것 또한 결국 효가 아닐 것이오. 나라가 없으면 가정도 온전할 수가 없다는 걸 왜 모르시오. 저기 형석이를 보시오. 저 어린아이가 나라 잃은 백성으로 살게 할 것이오?"

어머니의 눈에 눈물이 고였다. 유안이는 그 눈물을 닦아주고 싶었다. 그리곤 차마 그녀가 다 하지 못한 물음을 홍교에게 묻고 싶었다.

'고생해서 어려운 의학공부까지 마쳐놓고… 차라리 조국으로 돌아가 병들고 가난한 동포들을 치료하면서 사는 것도 얼마나 보람 있는 일이냐 말예요!'

유안의 말이 홍교의 귓가에 맴돌았는지, 그는 가족이 함께 지내는 근 일 년 가까운 시간 동안 고민을 거듭하였다. 그러던 1916년 3월, 부산에서 전보 한 통이 날아온다. 형석의 할아버지가 위독하시다는 것이었다. 그렇게 완강했던 홍교였지만, 그는 가족과 함께 서둘러 귀국길에 올랐다. 그는 한 사람의 의사이자, 누군가의 아들이기도 했던 것이다.

다음날 급하게 봇짐 몇 개를 지고 항구로 출발했다. 형석과 어머니, 형, 삼촌이 처음 중국에 왔던 그날처럼 바로 그 병원, 그 방에서 하룻밤을 새운 가족은 일본행 배를 탔다. 일본을 거쳐 부산으로 오는 동안, 형석은 어린 나이에도 할아버지가 돌아가시면 어쩌나 하는 불안으로 뒤척였다.

부산에 도착하자마자, 형석의 가족들은 누구 하나 걷는 사람이 없었다. 특히, 홍교의 마음은 괴로움에 두방망이질을 쳤다.

'아버지를 이대로 보낼 수는 없어…'

집에 다다라 대문을 벌컥 열어젖혔다. 그런데 어찌 된 영문인지 누워 계셔야 할 할아버지가 두 팔 벌려 형석의 가족들을 맞는 것이 아닌가! 실은, 이 모든 사건은 아범을 귀국시키기 위해 할아버지가 꾸며낸 일이었다. 어쨌든 그 덕분에 형석의 대가족은 긴 세월 끝에 다시 하나가 된 것이다. 할아버지는 당혹스러움을 감추지 못하는 아들에게 말했다.

"왜 그러냐? 이 아비가 골골 앓지 않아 서운한 게냐?"

"아버지, 그럴 리가 있겠습니까."

"짧지 않은 세월, 고생이 많았다. 니가 어떻게 살고 있었는지 모르지 않았다. 고향에서도 네가 할 수 있는 일이 많을 것이다. 저기 봐라. 벌써부터 너의 귀국을 축하해주기 위해 많은 사람들이 몰려오지 않았느냐."

할아버지의 말대로 형석의 아버지를 만나려는 고향 사람들이 줄을 이을 정도였다. 사람들은 중국 얘기를 청해 듣고 싶어 했다. 그들은 아버지에게 어떤 희망의 증거를 찾고 싶은 것이었는지도 몰랐다.

형석도 이 시기에 더없이 많은 추억을 쌓았다. 이 무렵

형석은 할아버지 담뱃대 공장으로 달려가 엽전 한 닢을 얻어서 엿을 사 먹고는 학교 갔다 돌아올 형을 목이 빠져라 기다렸다. 왜냐하면 동네에서 대장 노릇을 하던 곽상훈을 찾아가기 위해서였다. 형석은 자신보다 열네 살이나 많은 그를 졸래졸래 따랐다. 동네에서 무섭기로 소문난 그였지만, 형석의 형제들에게만은 잘해주었기 때문이다. 맛있는 과자도 쥐여 주고, 세병교 밑에서 해 지는 줄도 모르고 한참 물놀이도 하곤 했다.

삼연 곽상훈은 훗날 3·1운동에 참가하고, 항일단체인 신간회에 들어가 활약하기도 했다. 광복 후, 1948년부터 제헌국회의원을 역임한 그는 줄줄이 5선 의원을 지낸 인물이었다. 형석은 그를 만나 더 큰 꿈을 길렀던 것이다.

부산 동래구 세병교의 옛 모습

한편, 할아버지는 장남인 홍교를 고향에 정착시키기 위해 재산 일부를 처분해 병원을 차려주었다. 이를 지켜보던 유안이 역시 아직 어린아이에 불과했지만, 모두의 행복을 위해 홍교 아저씨가 고향에서 의사로 살아가길 바랐다. 그런데 생각하면 할수록 행복이란 무엇인지 알 수 없었다. 그의 병원은 당시 동래에서 제일가는 부자였던 석천 오중식의 사랑채(지금의 부산지방기상청 자리)에 위치했다. '대동병원'은 개업과 동시에 사람들로 붐볐다.

그러나 홍교의 독립운동 활동을 모를 리 없는 일제 경찰의 감시가 그를 집요하게 따랐다. 부산에서의 새로운 삶을 좇아 1년 6개월을 살았던 홍교는 결국 정든 고향을 떠나 다시 중국으로 건너간다.

그것이야말로
인간 존재의 설명할 수 없는 부분

정든 고향과 사랑하는 사람들을 두고 또다시 멀리 떠난다는 것이 모두에게 쉬운 선택은 아니었다. 일본놈들만 아니었어도 형석의 가족이 이리 찢기는 일은 없었을 것이다. 할아버지는 이번에 다시 아들이 중국으로 건너가면, 당신 살아생전엔 볼 수 없을 거라는 예감을 하고 있었다.

그는 형석, 원석 형제를 불러 낮은 목소리로 말했다.

"누구에게도 아버지를 찾아간다는 말을 하면 안 된다. 알아듣겠느냐?"

형제는 아무 말도 못 하고 연신 고개만 끄덕였다. 그렇게 형석의 가족은 1917년 어느 새벽, 도망치듯 아버지가 계시는 중국으로 떠난다. 이번에는 일본을 통해서가 아니라, 육로로 기나긴 중국행을 택했다. 그 길에, 유안이도 함께였다. 그런데 유안이 살고 있는 세상에선 서울까지 세 시간이면 닿을 텐데, 이들을 태운 완행열차는 가다 서다 쉬엄쉬엄, 다른 열차로 옮기면서 꼬박 이틀이나 걸렸다. 기차가 평양을 지나면서 형석의 가족은 모두 겨울옷으로 갈아입었다. 유안이는 한 번도 가본 적 없는 북한을 이렇게 과거여행을 통해 간다는 것이 짜릿했다. 기차는 북으로, 북으로 나아가 어느새 차창밖엔 압록강이 흐르고 있었다.

기차는 덜커덩거리는 소리를 내며 기다란 철교를 지났다. 형석의 가족은 압록강 건너 안동(安東, 지금의 단둥지역)에서 며칠 여장을 풀기로 했다. 첫 번째 중국행 때만 해도 삼촌이 앞장섰지만, 지금은 형이 믿음직한 리더가 되어 초행길, 낯선 사람들 속에서 가족을 이끌고 있었다. 안동세관을 찾은 형석의 가족은 고향사람이며, 아버지와 친분이 두터웠던 장건상을 만나 사흘을 머물렀다. 그곳에서 형제는 압록강 철교를 바라보며 고향의 영도다리를 떠올렸다. 언젠가 구경한 적 있는 영도다리는 위아래로 들고 내리는데, 신의주와 단둥을 잇는 압록강 철교는 옆으로 여닫는 것이 아닌가! 형석은 다리도 다리지만, 그곳에서 끝없이 이어지던 우리 민족의 이민행렬을 보고 무척이나 충격을 받았다. 그들은 갓난아이를 둘러업고 양손에 봇짐을 이고 지고 들고 한반도를 떠나고 있었다.

"형, 저 사람들은 다 어디로 가는 거야?"

"아마도 만주로 떠나는 거겠지."

"집 놔두고 왜 떠나야 하는 건데?"

"우리도 집 놔두고 떠나잖아…"

형은 눈가가 그렁그렁해져서 말을 잇지 못했다. 형석 또한 더 물을 수 없었다.

'그래. 모두 떠나야만 하는 이유가 있겠지.'

형석의 가족은 아버지가 계신 북경을 향해 달리고 또 달렸다. 끝없이 펼쳐진 지평선 너머, 아버지는 언제 만날 수 있을까. 보리갈이를 하던 가을의 끄트머리에서 출발했던 이들은 아무리 옷깃을 여미어도 찬바람이 파고드는 겨울의 복판에 이르러 북경에 닿았다. 북경역에 마중 나와 계시던 아버지는 형석을 꼭 안아주었다. 그의 털옷 속으로 형석은 고개를 묻었다.

중국에서 아버지는 의료기술을 발휘하여 헌신적으로 독립운동을 지지하는가 하면 넉넉할 것 없는 타향살이 속에서도 독립운동 자금을 대는 등, 든든한 버팀목 역할을 하였다. 당시 독립운동가들은 대부분 만주를 거쳐 북경으로 왔다가 상하이 등지로 흩어졌다. 자연히 형석의 가족이 있던 북경은 독립투사들의 아지트가 되어주었다. 그것은 형석의 아버지가 중국 국적을 가진 의사이기에 신변 보호막을 자처할 수 있었기 때문이기도 하지만, 어머니의 동치미 솜씨 때문이기도 했다. 해마다 늦가을 김장 때에 담은 동치미를 땅속 깊이 묻어두었다가 형석의 집을 찾는 애국지사들에게 내놓았던 것이다.

유안이는 역사책에서 이름으로만 알고 있던 이들이 제 눈앞에 있다는 사실에 제 볼을 꼬집었다.

'아야!'

하마터면 너무 아파서 소리를 낼 뻔했다. 분명, 꿈은 아닌데, 그렇다고 현실도 아닌 것이었다. 유안은 눈을 깜빡거리며 한 분, 한 분 새겨보았다.

'저기 멋스럽게 수염 기른 분이 민족사관을 수립하신 단재 신채호 선생님이고, 저 분이 의열단의 약산 김원봉…'

유안이는 격동하는 역사의 한가운데를 목도하고 있다는 사실만으로도 가슴이 일렁일렁했다. 그 같은 마음은 형석도 비슷하리라. 조소앙, 신석우, 박찬익, 신익희, 이상

룡, 김규식, 유동열과 같은 많은 애국지사들이 어머니가 내놓은 동치미 서너 사발과 함께 술잔을 기울이며 고향에 대한 향수를 달래곤 했다. 그들 모두 그리운 고향을 두고 남의 나라에서 끝이 보이지 않는 싸움을 거듭하고 있었다. 그러나 이들에게선 모두 제 한 몸의 안위보다 조국의 내일을 꿰뚫어 보는 자들 특유의 기품이 흐르고 있었다. 형석은 그들처럼 큰일을 해야겠다고 다짐하고 또 했다.

형석이 본격적으로 항일운동에 몸을 던지게 된 것은 1919년부터였다. 그해 3월 1일, 조국에 만세운동이 일어난다. 끓어오르는 독립의 열망이 온 나라를 휩쓴 것이다. 이 만세의 물결은 온 나라와 다른 나라의 식민지배를 당하는 세계의 많은 나라들에게도 크나큰 영향을 미치게 되는데, 형석의 가족이 있는 중국 땅에도 예외는 아니었다.

형석의 아버지 홍교는 중외통신사와 신광신보사를 설립하고, 한글과 한문으로 된 〈중외통신〉과 〈신광신보〉를 간행하여 국내는 물론 멀리는 러시아와 미국 각지까지 발송하였다. 형석은 형 원석과 함께 독립운동 관련 간행물과 독립선언문 등을 배달하고, 집합이 있을 때마다 알리는 역할을 떠맡았다. 그것은 단순한 배달이 아니었다. 아무리 어린아이라지만, 발각되기라도 한다면 목숨이 위험해질 수 있는 일이었다. 유안이는 멀찍이 그 모습을 바라보며, 이렇게 생각했다.

'아무리 독립이 중요하다지만… 어떻게 자기 아들에게 이런 위험한 일을 맡길 수 있는 거야!'

이제 형석과 유안이의 나이는 거의 비슷해졌다. 유안이는 친구처럼 보이는 형석이 너무도 위험한 일을 하는 것만 같아 걱정이 앞섰다. 그러나 형석은 너무도 의연했다. 마치, 유안의 말이 들리기라도 한 듯 형석은 이렇게 생각하고 있었다.

'아들이니까… 아들이기에 이렇게 중요한 일을 맡기시는 거야!'

형석 역시, 두려움에 잡아먹혀 두 다리가 옴짝달싹하지 않을 때도 있었다. 특히, 무서운 표정을 짓고 자기네 나라처럼 활보하는 일본 순사들을 볼 때면 그랬다. 하지만 소년은 오른손을 들어 자신의 가슴팍에 올려보았다. 얼어붙은 줄로만 알았던 심장이 뛰고 있었다. 그의 윗도리 안쪽 주머니에는 단단하게 접은 신문과 책이 들어 있었다. 아버지가 건넨 것들이었다. 식은땀이 흘러내렸지만, 이 귀중한 것을 적실만큼은 아니었다. 형석은 자신을 채찍질하며 북경 시내를 내달렸다. 그런 형석을 보며 마음을 졸인 건 유안이만은 아니었다. 어머니는 이제나저제나 일본 순사에게 들켜 형제가 끔찍한 일을 당하지나 않을까 애가 탔다.

애국의 역할로는 형 원석도 밀리지 않았다. 그는 일제 관동국 경찰이 작성한 '북경에서의 불령단의 성황'이란 비밀문서에 '대한소년단'의 단장으로 기록되어 있었다. 이는 한마디로 일본이 지목한 요주의 인물이라는 것이었다. 대한소년단은 아버지 홍교가 총재로 있는 단체로, 조선인 자제들과 유학생들의 독립의식을 고취시키기 위해 만든 조직이었다. 1921년 여름방학을 맞아 귀국했던 원석은 백산 안희제 선생과 편지로 깊이 사귀었다. 원석이 다시 중국으로 돌아갈 때, 백산은 거액의 공작금을 임시정부 요인이던 김갑에게 전달하도록 하였다. 이처럼 홍교, 형석, 원석은 가족이자, 조국의 독립을 위해 똘똘 뭉쳐 생사고락을 함께했던 동지였다. 그리고 또 한 사람의 동지가 있다. 어머니였다.

우리 독립운동사에서 여성이 주인공인 이야기를 좀처럼 찾을 수 없는 건 안타까운 일이다. 우리네 어머니들은, 소녀들은 조국의 독립에 대한 열망이 없었던 걸까? 아니면 전선으로부터 아주 멀리 떨어진 후방에 안주해버렸기 때문일까? 그것도 아니라면 육신의 죽음과 역사의 부활이란 오직 남성들의 몫이기에 그러한가? 아니다. 그렇지 않다. 형석의 어머니 또한 극에 달했던 일제의 감시 속에서 십여 차례나 살림을 옮겨 다니며 가족을 건사해야 했다. 부엌을 책임지는 것이 살림의 전부는 아닐 테다. 그렇담

'살림'이란 무엇을 살리는 일일까? 한 사람과 가족을 살리고, 나아가 사회와 조국을 살리는 일이 아닐까! 그래서 '살림살이'란 '삶'과 같은 말이다.

형석의 가족도 삶을 이어가기 위해 석 달이 멀다 하고 이사를 했다. 힘겨운 시간이지만, 살아있기만 하면 이다음을 기약할 수는 있었다. 그 같은 모습을 보면서, 유안이는 몇 해 전, 자기가 겪었던 이사를 떠올려보았다. 이사 전날, 아빠는 버럭 화를 냈다. 이사 가기 싫다고 떼쓰는 유안이를 한참 달래다 지친 것이었다. 유안은 서럽기만 했다. 엄마가 있다면 이사를 가지도 않았을 텐데 하는 생각이 치솟자, 서러움이 물밀듯 밀려들었다. 그러나 아빠의 마음도 모를 리 없었다. 아빠는 아내의 손길이 곳곳에 묻은 집을 등지고 싶었던 것이다. 그렇게 둘은 퉁퉁 부은 눈으로 힘겨운 이사를 마쳤다. 유안이 기억하는 이사란, 몸의 고단함도 고단함이지만, 정든 집과 동네를 벗어나 낯선 곳으로 가는 데서 오는 쓸쓸함이 힘들게 했다. 거기 비하면, 형석의 집은 그렇지 않아도 낯선 곳에서 더 낯선 곳으로 옮기어지는 것과 다름 아니었다. 이 서러운 시절 속에서도 뜨거움이 치밀어 오르는 가슴을 가졌다는 것, 그것이야말로 인간 존재의 설명할 수 없는 부분이 아닐까, 유안은 생각했다.

소년의 마음에
그득 들어차는 것들

형석이 소학교를 졸업하고 초급중학교(지금의 중학교)에 다닐 무렵, 형 원석은 할아버지의 부름을 받고 귀국한다. 고령의 할아버지, 할머니가 계시는 부산의 사정을 생각하면 장손인 형의 귀국은 말릴 수 없는 일이었지만, 형석은 형님과 헤어진다는 사실이 무척이나 가슴 아팠다. 그로선 중국으로 건너온 여섯 살 때부터 열다섯 무렵까지, 무려 십 년 세월을 의지해온 큰 기둥이 사라지는 것과 마찬가지였다.

이국땅에서 독립운동이라는 높은 가치를 위해 헌신하시는 아버지는 어린 형석에게 너무도 높고 먼 존재였다. 아들을 사랑하는 마음이야 여느 아버지들과 다름없을 테지만, 형석은 어리광 한번 쉽게 부릴 수 없었던 것이다. 그런 형석의 마음을 알아주고 보듬어주는 이가 바로 형 원석이었다. 형은 고향마을의 작은 둔덕처럼 쉽게 오를 수 있고, 또 넉넉하게 품어주고 기댈 수 있는 존재였다.

"형석아, 우리가 어디에 있든, 꿋꿋하게 살아가자꾸나. 누가 뭐라고 하든 우리는 대한제국의 아들이라는 사실을 잊어서는 안 돼… 빼앗긴 나라를 되찾는 그 날까지… 공부 열심히 하고, 동생들 잘 돌보고…"

형은 차오르는 울음에 중간중간 말을 잇지 못했다. 형석은 형의 당부를 잊지 않고 공부에 매진했다. 그 결과, 1925년 노하고급중학교(지금의 고등학교) 입시에 거뜬히 합격할 수 있었다. 기뻐하는 가족들을 보며, 형석은 형 원석을 떠올렸다.

'형, 나 합격했어!'

합격통지서를 받아든 그때, 새 한 마리가 날아와 형석의 머리 위를 몇 바퀴 돌았다. 이 기쁜 소식을 형에게 알리기 위해 날아든 녀석이었다. 유안이 휘파람을 불자, 새는 날갯짓을 하며 하늘로, 멀리 고향의 하늘을 향해 날아갔다.

기뻐하는 가족들과는 달리, 형석은 마냥 기뻐할 수 없었다. 학교가 가족이 살고 있는 베이징에서 40리나 떨어져 있었기 때문이었다. 형과 떨어져 지내는 것도 모자라, 남은 가족의 품에서도 떠나야 한다는 사실이, 그의 마음에 외로움이라는 무거운 돌덩이를 안겼다. 유안은 그 정도 거리라면 버스나 지하철을 타면 충분히 다닐 수 있을 텐데 생각하다가 혼자 머쓱해져 머리를 긁었다. 유안이 사는 세상처럼 대중교통이 편리한 것도 아니고, 더구나 남의 나라에서 혼자 지낸다는 것 자체가 얼마나 큰 외로움이냐 말이다! 형석의 손을 잡자마자 유안이는 깨달을 수 있었다. 이젠 유안이보다 훌쩍 커버린 형석이었지만,

갓난아기 때처럼 그 청년의 손을 꼭 잡아주었다.

외로움은 소년을 성장시켰다. 그의 곁엔 음악이 함께였다. 아버지는 넌지시 형석이 대를 이어 의술을 익히길 바랐다. 형석도 그런 아버지의 기대를 부응할 만큼 충분히 명석했다. 그러나 소년의 마음엔 그밖에 많은 것들이 들어차고 있었다.

1927년 6월, 학업에 전념하던 형석은 오랜만에 베이징의 집을 찾았다. 하루가 다르게 커가는 동생들을 보면서 세월 가는 것을 실감하며 모처럼 행복한 시간을 보내고 있던 토요일 저녁, 그의 집으로 전보 한 통이 날아들었다. 고향으로부터 온 것이라는 반가움도 잠시, 전보를 확인한 형석의 얼굴은 슬픔으로 일그러졌다.

"얘야, 무슨 내용인데 그러냐?"

어머니가 아들에게 물었으나, 그녀도 서늘한 예감에 곧 입을 다물고 말았다.

"하, 할아버지가…"

형석은 차마 말을 잇지 못하고 눈물이 그렁그렁한 고개를 떨어뜨렸다. 가족들 모두 크나큰 슬픔에 빠졌다. 아버지는 넋이 나간 얼굴로 형석에게 천천히 걸어와서는 편지를 건네받아 두 눈으로 직접 비보를 확인했다. 중국으로 건너와 아버지를 본 지 십여 년이 흘렀으나, 그때처럼 소리 내어 우시는 모습을 본 것은 처음이었다.

"아버지, 아버지… 이 불효를 어찌합니까…"

홍교는 마치 그곳에 할아버지가 계신 것처럼 천장을 올려다보며 오열했다. 형석은 고향에서 할아버지와 함께였던 모습들을 떠올렸다. 유안이 역시, 형석이 태어나던 날의 기뻐하던 할아버지 모습이 선했다. 그날 밤, 아버지는 쉬 잠들지 못했다. 장남인 원석이 고향에 내려가 있기는 하나, 혼자서 장례를 비롯한 집안의 일을 모두 떠맡기란 어려울 것이었다. 고향의 공장도 정리해야 했고, 저를 위해 개업한 병원도 다시 일으켜야 했다. 홍교는 때꾼한 눈으로 창밖으로 밝아오는 아침 해를 바라보았다.

'고향으로 가자!'

결심이 굳자, 가족들도 가장의 결심을 따라주었다. 대신, 형석은 중국에 남겨두기로 했다. 정작 당사자인 형석은 깜짝 놀랐다. 당연히 가족들을 따라 부산에 갈 줄 알았기 때문이었다. 그러나 아버지는 완강했다. 당시 고급중학교 2학년생이었던 형석은 이곳에 남아서 마저 학업을 닦으라는 것이었다.

"형석아, 가문과 나라를 위한 재목으로 성장하라는 것 또한 대장부가 가야 할 길이다!"

형석은 이내 고개를 끄덕이며, 아버지의 말씀에 공감했다. 어머니도 깊은 고민 끝에 내린 아버지의 결정에 반대하는 것은 아니지만, 흘러내리는 눈물까지 막을 수는 없었다. 세상 모든 어머니가 다 그렇겠지만, 어머니가 보시기에 형석은 아직 아이만 같았다. 바느질하던 옷으로 눈물을 훔치는 어머니를, 형석은 꼭 안아주었다. 아들의 품에 안긴 어머니는 아들이 얼마나 장성했는지 새삼 알 수 있었다.

귀국 전날, 홍교는 아들을 찾았다.

"아버지, 이게 무엇인지요?"

형석은 아버지가 내민 보자기를 보며 물었다.

"받거라. 열어보면 알 것이다."

아버지의 얼굴에서 흘러나오는 비장함에 더 물을 수 없었다. 형석은 조심스레 받아들고는 보자기를 풀었다. 그 속엔 곱게 접힌 명주천과 작은 상자 하나가 나왔다. 형석이 명주천부터 펼쳤는데, 그곳엔 태극기가 그려져 있었다. 붉고 푸른 태극무늬를 보자마자, 형석의 가슴은 불을 붙인 듯 확 데워졌다. 그는 떨리는 손으로 상자를 열었다. 귀중품이라도 들어있을 줄 알았던 함 속엔 한 줌의 흙이 전부였다.

"아버지, 태극기의 의미는 알겠습니다만, 이 흙은 무엇인지요?"

"조국의 흙이다."

"아!"

유안이 외마디 감탄을 내지르곤 얼른 입을 틀어막았다. 그러나 형석도, 아버지도 아무도 그 소리를 듣지 못한 듯했다. 왜냐하면 형석도 동시에 소리를 내질렀기 때문이었다. 그의 두 눈엔 뜨거운 눈물이 차오르고 있었다. 아버지는 아들의 눈물을 알아차렸지만, 더 말을 잇지 않았다.

뒤돌아 멀어지는 아버지를 보며, 형석은 천 마디 말보다 더한 무언가를 깨달을 수 있었다.

'식민지 조국에 태어나 타국에서 살아가더라도 혹여나 혼자라는 생각은 하지 말자! 비록 몸은 떨어져 있으나, 조국의 땅을 딛고 살아가는 동포들과 나는 하나다!'

형석은 아버지가 건넨 태극기를 책상 앞에 내걸고, 나라 사랑하는 마음을 잊지 말자 다짐하고 또 했다.

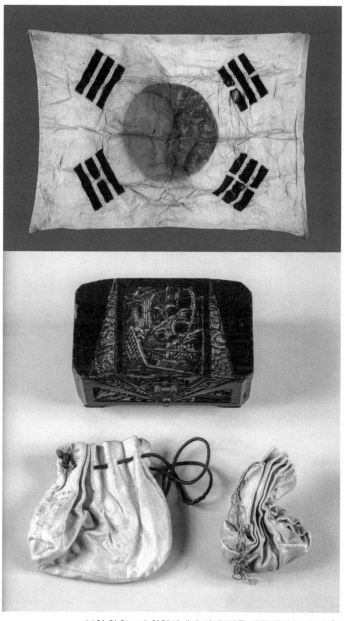

부친 한흥교가 한형석에게 건넨 '명주 태극기'와 '조국의 흙'

7. '의학공부'냐 '예술'이냐, 갈림길에 서다 (1929)

아버지의 당부와
한 소절의 멜로디 사이에서

가는 시간을 붙들 수는 없는 노릇이어서, 형석의 가족이 고향으로 떠나는 날이 오고야 말았다. 형석은 그들을 태운 기차가 플랫폼을 벗어나 그의 눈에서 완전히 보이지 않을 때까지 손을 흔들었다. 중국에 온 이후, 형석의 가족은 다섯이나 늘었다. 형 원석과 자신 아래로 줄줄이 동생들이 생긴 것이었다. 급한 대로 중요한 것만 챙긴 봇짐에 젖먹이 아이까지 업은 어머니에 대한 안쓰러운 마음이 일었다. 어느덧 형석은 홀로 남겨진 자신보다 저 다섯 동생들과 함께 먼 길을 떠나실 부모님에 대한 걱정이 앞섰던 것이다. 그런 형석에게선 완연한 청년의 모습이 얼비쳤다.

1929년 8월, 형석은 노하고급중학교를 우수한 성적으로 졸업했다. 이제 더 큰 학문을 접하고, 진로도 결정해야 했다. 하지만, 형석의 마음은 어느 쪽으로도 쉬 갈피를 잡을 수 없었다. 눈을 감으면, 두 가지 장면이 어른거렸다.

하나는 귀국 전날, 아버지가 남기신 당부였다.

아버지는 명주천에 그린 태극기와 고국의 흙, 그리고 돈뭉치를 그에게 내밀었다.

"형석아, 너는 이미 자랑스러운 대한의 청년으로 성장하였다. 너의 팔뚝은 이 아비만큼 굵어질 것이고, 네 다리 또한 누구보다 튼튼해질 것이다. 너는 그 팔과 다리로 무엇이든 할 수 있고, 어디든 갈 수 있다."

"네, 아버지…"

"형석아, 그러나 너는 무엇을 하든, 어디에 있든 나라 잃은 식민지의 아들일 것이다. 명심하거라. 너의 몸뚱어리에 달린 두 팔과 다리를 볼 때마다 잊지 말고 떠올리거라. 너보다 훨씬 가느다란 팔로 만세를 부르다 죽은 이들이 있다는 사실을. 청산리 고갯마루를 내달리며 일본놈들을 무찌르다 죽은 네 또래가 있다는 사실을."

그날, 형석은 명심하고 기억하리라 다짐하고 또 했다.

'그렇다면 아버지, 대답해주십시오. 정녕 저는 의사가 되어야 하는 것입니까?'

형석은 그날 되묻지 못했던 물음을 묻고 또 되물었다. 유안은 머리를 감싸고 괴로워하는 형석을 보고 있기 힘들었다. 그러나 이 괴로움 또한 청년을 키우는 것이었다. 형석은 계속해서 아버지의 말씀을 떠올리고 있었다.

"대학은 만주에 있는 의과대학으로 가거라. 병들고 어

지러운 세상이다. 그 세상을 살아가는 사람들 또한 아프다. 어서 배우고 익혀 너의 의술을 필요한 곳에 쓰도록 하여라!"

아버지는 아들에게 고급중학교 졸업과 동시에 만주로 가서 의학공부를 하라고 했다. 그것은 할아버지가 홍교에게 남긴 유업(遺業)이었고, 형석에게까지 이어진 것이었다.

아버지는 당신이 의사였기에 어느 누구보다 잘 알고 있었다. 의사라는 업을 택한다는 것은 다른 어느 직업보다 넉넉한 돈을 벌 수 있음을 뜻했다. 그 돈으로 독립운동의 자금을 댈 수 있을뿐더러 독립군들의 건강까지 책임질 수 있었다. 형석 또한 아버지의 모습을 가까이에서 보아 왔기에 의사 일이 얼마나 가치 있는 일인지, 잘 알고 있었다. 그런데 발걸음이 떨어지지 않았다. 형석은 다시 눈을 감았다. 이번에 그의 눈앞에 떠오르는 장면은 고급중학교 시절을 보낸 기숙사였다.

형석은 기숙사에서 눈물을 흘리고 있었다. 그는 자신의 유년과 이즈음까지의 삶을 돌아보며, 그간의 시간을 한마디로 표현할 단어를 꼽자면, '외로움'이 아닐까 생각했다. 사람 사는 냄새 그득한 대가족에서 나고 자라 존경스러운 아버지를 뵈며 자랐다. 뿐만 아니라, 훌륭한 애국지사들과 대화하며, 그들의 뜻을 좇고 삶을 배웠다. 그런 그에게 외로움이란 언뜻 어울리지 않는 말일 수도 있었다. 그러나 형석은 분명, 경술년의 치욕과 비통함이 흐르는 나라에서 태어난 몸이었다. 그가 다섯 살이 될 때까지 아버지의 자리는 살았는지 죽었는지 소식조차 알 길 없는 채로 비워져 있었으며, 낯선 나라에 형제 이상으로 믿고 따랐던 형 원석과도 헤어져 지낸 지 어언 몇 해가 흐르고 있었다.

흐느끼던 그는 창을 때리는 빗소리에 커튼을 젖혔다. 그의 기숙사에선 중국인들이 대운하라고 일컫는 '경항운하'가 내려다보였다. 세계에서 가장 긴 인공운하인 그것은 형석이 있는 북쪽 끝 북경시에서 남쪽 끝인 절강성 항주시까지 1,794km에 달하는 물길이었다. 그 어마어마한 인공 물길은 진시황제가 전국을 통일하기 전인 기원전 5세기부터 원나라에 이르기까지 대규모 토목공사를 거듭해 지금의 모습을 갖추었다. 운하가 흘러온 2,500년이라는 시간은 백 년도 살지 못할 인간에게 쉬 만져지지 않는 시간이었다. 수많은 제국과 왕조가 일어섰다 무너져온 시간이 물길을 따라 도도히 흐르고 있었다. 형석은 쏟아지는 비가 마치 자신의 눈물 같다고만 생각했었다. 그러나 그는 모든 빗방울을 감싸 안고 흐르는 물길에 대해선 그동안 한 번도 생각해본 적 없었다. 그 순간, 운하의 물결 일렁이는 소리, 그 위로 떨어지는 빗소리가 모두 한 소절의 멜로디만 같았다. 그것은 서정적인 야상곡이자, 지저귀는 세레나데였고, 동시에 힘찬 행진곡이었다.

그렇지만 한 소절의 멜로디가 아버지의 당부를 이길 수는 없는 노릇이었다. 그러하기에 형석은 부산의 아버지가 눈앞에 계신 것처럼 끝없는 대화를 나누곤 했다.

'아버지 말씀대로 세상은 어지럽고 병들어 있습니다. 인간 세상의 병마가 어디 한둘이 아니듯, 병증마다 각기 다른 의술이 필요하지 않겠습니까? 쑨원 선생이 4억 중국 인민을 치유할 방법으로 혁명을 택하였듯, 저 역시 저만의 의술을 택하고자 합니다.'

진로에 관한 고민이 깊어갈수록 형석의 눈에선 안광이 쏟아질 듯했다.

'아버지, 저는 아버지의 말씀을 어기는 불효를 저지를 것입니다. 그러나 아버지의 말씀보다 더 큰 뜻을 이룰 수 있다면, 그것은 자식으로서 더 큰 효가 아닐까요?'

형석은 아버지께서 주신 조국의 흙을 손으로 쓸어보았다. 그리고 태극기를 펼치곤 아버지와의 대화를 마저 이어갔다.

'아버지, 당신께서 보지 못한 곳까지 보라고 저의 두 다리는 이렇게 껑청 자란 것이며, 아버지께서 이루지 못한 구석까지 닿으라고 제 두 팔이 이리 자란 것일 겁니다. 저는 당신이 그리하셨듯, 사람의 뜻을 좇기보다 하늘의 뜻을 좇을 것이며, 가정의 의를 좇기보다 나라의 의를 좇을 것입니다. 저는 아버지의 아들이니까요.'

형석은 자문자답을 끝내고, 상해행 기차에 몸을 실었다.

조성환 선생과의 만남,
독립운동이란 총칼로만 하는 게 아니다

'나는 여지없는 북경 촌놈이다!'

형석은 중얼거렸다. 눈이 휘둥그레지기는 유안도 마찬가지였다. 당시, 베이징은 긴 세월 잠들어 있는 중국의 수도일 뿐이었다. 그에 비하면 상하이는 중국 속에 있지만, 중국 것이 아니었다. 영국과 프랑스, 일본은 상하이를 중심으로 중국을 스멀스멀 잠식해 들어가고 있었다. 상하이는 타의에 의해 국제도시로 약동하는 중이었다. 우리나라 임시정부가 들어선 곳이 상하이였던 까닭도 여기에 있었다. 이미 일본의 식민지가 되어버린 조선 땅을 벗어나 프랑스가 관할권을 쥐고 있던 상하이 지역에 항일투쟁의 근거지가 꾸려진 것이었다.

형석이 그곳으로 온 이유는 하나였다. 진로 선택의 보다 확실한 근거를 찾기 위해서였다. 헤아릴 수 없이 많은 혼자만의 대화 속에서도 형석은 또렷한 갈피를 잡기 어려웠다. 그것은 생이 단 한 번뿐인 까닭도 있지만, 그 귀중한 생을 조국의 독립에 오롯이 바쳐야 한다는 생각 때문이었다. 그래서 더욱이 어설픈 핑계나 이유를 댈 수 없었다. 그런 형석에게 조성환 선생님은 더없이 적절한 조언을 해주실 인물이었다.

선생은 사형 선고를 받은 적이 있었다. 그의 나이 스물여섯, 형석보다 고작 여섯 살 남짓 많은 청년은 대한제국 육군무관학교의 썩어빠진 군부를 숙청하려고 시도했던 것이다. 그의 기개와 애국의 마음이 인정되어 그는 칙령(勅令, 왕이 내린 명령)에 의해 풀려난다. 이후 그는 안창호, 이갑 등과 항일구국 비밀결사조직인 신민회를 조직, 활동하면서 헤이그 만국평화회의에 파견되는 이상설 특사를 돕기도 했다.

형석이 선생을 처음 만난 것은 여덟 살 꼬맹이 시절이었다. 그 무렵, 선생은 아버지와 함께 동제사 활동을 하고 있었다. 형석을 볼 때면 늘 이웃집 아저씨같이 따스한 미소로 맞아주던 선생이었지만, 실은 항일투쟁에 늘 선봉에서 왔던 사람이었다. 일본 총리대신을 처단하려는 시도로 거제도에서 1년간 유배생활을 하기도 했던 조성환 선생은 1916년부터 상하이에서 박은식, 신규식 등과 함께 항일운동을 펼치고, 교민자제들의 교육에도 힘썼다. 1919년 상해임시정부가 수립되자 군무차장에 임명된 그는, 그해 만주에서 김좌진 등과 함께 군정부를 조직하기도 했다. 청산리대첩의 승리에 크게 기여한 선생은 김규식 등과 함께 독립군 양성 사관학교 설립을 추진하였다.

선생이라면, 아니 선생이야말로 형석의 삶에 대해 주저 없이 갈 길을 일러주실 것만 같았다. 하지만 그를 만나기란 쉽지 않았다. 그의 맹렬한 항일투쟁 의지만큼이나 일본은 철저히 선생을 감시했다. 형석은 임시정부 언저리를 맴돌며 선생님을 수소문했다. 그러던 중, 일주일 만에 선생이 그 모습을 드러냈다. 형석은 다짜고짜 그의 앞을 가로막았다.

"선생님!"

"자네는 누구길래, 그렇게 급하게 날 가로막는 겐가?"

"혹시 제가 기억나지 않으시는지요? 저는 한홍교 씨의 차남 한형석입니다. 선생님을 뵙고 긴히 여쭈고 싶은 것이 있어, 이곳 상해로 건너왔습니다."

선생은 형석의 아버지 함자를 듣자마자 깜짝 놀랐다.

"네가 형석이란 말이냐! 그 꼬마가 이렇게 장성했단 말이냐!"

선생은 형석의 두 손을 모아 아플 만큼 꽉 쥐었다. 그러나 짧은 기쁨을 미루고 선생은 빠르게 주위를 살피곤 형석을 이끌고 사람들의 눈이 닿지 않는 골목으로 피했다.

"일단 조용한 곳으로 자리를 옮겨서 이야기를 나누자꾸나."

유안이는 혹시 미행이라도 따라붙었을까 봐 그들의 뒤

에서 눈을 씻고 두리번거렸다. 형석은 선생에게 아버지의 소식을 전했다. 어려운 시기에 동지의 생사를 확인한다는 것만으로도 독립운동가들에겐 큰 힘이 되는 모양이었다. 선생은 다시 한번 형석의 손을 꼭 쥐었다. 그 뜨겁고 억센 손은 백 마디 고맙다는 말보다 훨씬 힘이 셌다.

"날 찾아온 이유가 있다고 하지 않았느냐?"

선생의 물음에 형석은 드디어 본론을 꺼낼 수 있었다. 그의 이야기가 끝나도록 선생은 눈을 감고 깊은 생각에 잠겨 있었다. 그 길지 않은 침묵이 형석에게는 견디기 힘들만큼 오랜 시간처럼 느껴졌다.

"참 어려운 물음이로구나. 그 질문에 대한 답은 내가 해 줄 수 있는 것이 아니라, 너 스스로 가지고 있을 듯한데…"

형석은 자기도 모르게 한숨을 푹 쉬었다.

'내가 가지고 있으면, 왜 굳이 상하이까지 내처 달려왔 겠는가!'

속으로 생각하고 있는데, 선생이 물었다.

"네가 진정으로 마음을 다 바칠 수 있는 것이 무엇이 냐?"

선생의 칠문에 형석의 입에선 단 일 초도 고민하지 않 고 답이 튀어나왔다.

"음악입니다!"

"아주 분명한 대답이로다!"

선생은 무릎을 쳤다. 형석은 저도 모르게 벌어진 상황에 어안이 벙벙했다.

"바로 그것이다. 너는 아버지의 조국광복정신을 이어받아 예술구국을 하거라!"

선생이 남긴 말씀의 무게는 천금과도 같았다. 하지만, 그것을 선뜻 받들기에 형석의 머릿속엔 잔뜩 안개가 끼어 있었다.

'예술구국(藝術救國)?'

처음 들어보는 말이었다. 얼핏 '나라', '광복', '음악', '예술' 같은 말들이 둥둥 떠다녔지만, 그것들이 한데 합쳐져 정확히 무엇을 뜻하는 것인지 형석은 알 수 없었다. 혼란스러운 마음이 형석의 얼굴에 다 드러나서일까. 선생은 자상한 아버지처럼 일러주었다.

"독립운동은 총칼로만 하는 게 아니다. 네 아버지를 떠올려보면 이해하기 쉬울 것이다. 아버지가 메스와 청진기로 당신의 의술을 펼치듯, 너는 하모니카와 오선지로 너만의 의술을 펼치는 것이다. 독립을 염원하는 마음을 노래로 만들어 그걸 듣는 이로 하여금 독립의 간절함을 불러일으킨다면, 바로 그것이 독립운동이 아니겠느냐? 시, 소설, 연극도 마찬가지다. 사람들에게 깊은 울림을 주어라. 그것이야말로 백만 대군의 힘보다 강하다."

선생의 목소리는 곧고 주저함이 없었다.

"넌 예술대학에 입학하거라. 그곳에서 프랑스혁명 때 불리었던 「라 마르세이예즈」 같은 훌륭한 작품을 만들거라."

형석은 오래 고민해온 진로의 고민이 단박에 해결되었다. 그 길로 신화예술대학 예술교육과에 입학한 그는 그곳에서 체계적인 음악 교육을 받게 되었다.

진정한 적성을 찾은 형석은 순풍에 돛을 단 배처럼 전공에 몰두하기 시작했다. 그런 형석을 보면서 유안은 생각했다.

'내게도 분명, 진로에 대한 고민의 시기가 올 텐데…'

유안이의 친구들 중에는 벌써 자기의 꿈을 알아차리고 이를 위해 열심히 몰두하는 아이들도 있었다. 하지만, 어떤 친구들은 무엇을 하면서 살고 싶다는 꿈보다 어떤 직업을 가지고 살겠다는 생각을 먼저 끝낸 친구들도 꽤 많았다. '꿈'과 '직업', 비슷하게만 해 보이는 둘 사이엔 어떤 차이가 있을까?

유안이는 그 알쏭달쏭한 물음을 형석이 오빠를 통해 알아차릴 수 있었다. 그는 자기가 정말 잘할 수 있는 일, 아무리 오래 해도 싫증 나지 않을 일을 찾았고, 그 결과, '음악가'라는 직업명이 뒤따라왔던 것이다. '공무원', '의사', '연예인'은 직업일 따름이 아닐까? 과연 친구들의 진정한

꿈이 맞는 걸까?

나는 어떤 선택을 하게 될까? 아빠는 내가 어떤 사람이 되길 바라며, 이 나라는 내가 어떤 사람으로 성장하길 바랄까? 갑자기 머릿속이 복잡해졌다.

'이왕 시간여행을 할 거면, 과거로 이동할 게 아니라 미래로 이동하면 얼마나 좋으냔 말이야!'

유안이는 이 여행을 통해 숙제가 생긴 것 같았다. 자신도 조성환 선생님께 '나는 어떻게 할까요?' 하고 묻고만 싶었다. 그러나 선생님은 이렇게 되물으실 것만 같았다.

"네가 진정으로 마음을 다 바칠 수 있는 것이 무엇이냐? 그 답은 이미 네 안에 들어 있느니라."

8. 청년, 예술구국의 길을 걷다(1930~1937)

청춘, 매일 흘린 코피와
일주일이 멀다 하고 앓던 몸살의 시절

1931년, 일제는 대륙 침략의 야욕으로 만주를 침략한다. 그들은 중국의 동북지방을 점령하고, 이 지역을 '만주국'이라 일컬었다. 한편, 한반도에서는 총동원령을 내려 우리 민족에 대한 수탈과 탄압 또한 극심하게 이어갔다. 부산에서 병원을 경영하며 대가족의 가계를 꾸려가던 형석의 아버지는 날로 극심해지는 일제의 감시에 어머니와 함께 다시 중국으로 망명을 하게 된다. 형석은 또다시 혼자가 된 기분이었다. 부모님의 소식이 끊어져 버리자, 고향의 소식과도 단절되어버렸다. 홀로 이국땅에 남은 형석의 주머니도 텅 비어가고 있었다. 아버지께서 주시고 간 학비도 동이 나버린 것이었다. 예술구국의 길을 걷겠다고 하였으나, 형석은 당장 하루하루를 살아내는 것이 고단했다. 그는 나라를 구하기 위해서라도, 자신의 몸뚱어리를 구해야겠다고 이를 악물었다.

형석은 낮에는 악기점을 나가 일을 했고, 밤에는 공부

를 이어갔다. 고단한 생활 속에서도 형석은 오늘의 고됨이 내일의 희망이 될 것이라는 사실을 포기한 적 없었다. 그를 더욱 단단하게 만든 것은 1932년 4월 29일 있었던 윤봉길이라는 청년의 거사였다.

"호외요! 호외!"

형석은 걸레질하던 밀대를 잠시 벽에 기댔다. 악기점 밖은 신문팔이 소년들이 내지르는 소리로 떠들썩했다.

"대체 무슨 일이라도 났나?"

호외를 펼친 사람들은 두 주먹을 꽉 움켰다. 형석 역시 두 발에 기름이라도 칠한 듯 밖으로 이끌려 호외 한 장을 사들었다. 「한국인윤봉길작사료(韓國人尹奉吉炸死了), 일본백천대장(日本白川代將)」이라는 제목이 적혀 있었다. 기사를 읽어가는 형석의 눈앞엔 홍커우 공원에서 윤봉길 의사가 폭탄을 던지는 모습이 떠올랐다.

일본놈들은 상하이의 홍커우 공원에서 몇 달 전 있었던 상해전쟁에서의 승전을 기념하고, 저희들의 천왕 탄생일을 기념하는 행사를 열고 있었다. 중국 땅에서 열리는 이 염치없는 행사에 중국인도 아닌 한국인이 물통 폭탄을 던지고, 가슴에서 태극기를 꺼내 목이 터져라 "대한 독립 만세!"를 외쳤던 것이다.

형석은 머리칼이 쭈뼛 섰고, 가슴이 세차게 방망이질을 해댔다. 그는 저도 모르는 사이에 눈물을 흘리고 있었다.

이 거사의 감동은 한국인들만의 몫이 아니었다. 형석의 중국인 친구들은 마치 그가 윤봉길 의사인 것처럼 끌어안고 함께 기뻐했고, 한국인을 자랑스럽게 치켜세웠다. 그들도 제 나라에서 정당한 주인노릇을 하지 못하고, 일본과 서구 여러 나라에 피를 빨리고 있었다. 일본놈들이야 하늘 아래 둘도 없는 원수임에 분명하지만, 서양인들 역시 고층빌딩 옥상에서 맥주를 마시며 중국인들의 치욕을 구경거리 삼고 있었다. 그들은 버젓이 중국인의 땅덩어리 위에 '외탄공원(外灘公園)'이란 외국인전용 공원을 만들고, 공원 정문에는 '견여화인금지출입(犬与華人禁止出入)'라는 간판을 붙여놓았다. 그것은 '개와 중국인은 출입금지'라는 뜻이었다. 윤봉길 의사는 개와 다를 바 없는 취급을 당해온 4억 중국인들의 마음까지 일깨웠던 것이다.

　이듬해인 1933년 가을, 형석은 신화예술대학을 졸업했다. 그는 손에 쥔 교사자격증을 내려 보며 긴 한숨을 내쉬었다. 짧고도 긴 세월처럼 느껴지는 지난 시간이었다. 남의 나라 하늘 아래에서 외로움에 몸서리를 치며, 일과 학업을 병행해왔다. 그렇다면 이제라도 탄탄대로의 앞날이 열린 것일까. 그것은 또 아니었다. 이 자격증을 가지고 직접 일자리를 찾아야 했다.

　'어디로 가야 할까?'

형석은 이리저리 둘러보았지만, 아무래도 이 지긋지긋한 상하이는 떠나야겠다고 생각했다. 일본놈들의 패악질도 나날이 심해지고 있었으며, 고생한 나날의 기억이 고스란히 묻은 도시를 등지고만 싶었기 때문이었다. 형석은 산둥성 동서부에 위치한 당읍현의 무훈중학교에서 자리를 잡을 수 있었다. 그곳에서 그는 예술교과와 영어를 가르치게 되었다.

상하이에 비하면 모든 게 자그마한 촌일 따름이었지만, 형석은 첫날부터 큰 감동을 안게 되었다.

"이럴 수가…"

그는 차마 말을 잇지 못했다. 깜짝 놀라긴 유안이도 마찬가지였다. 공터나 다름없는 볼품없는 운동장을 전교생이 가득 채우고 있었던 것이다. 그야말로 더없이 뜨거운 마중이었다.

형석은 학교를 떠날 때까지 그날의 감동을 한시도 잊지 않았다. 그는 학생들 속에 파묻혀 스물셋, 젊은 날들을 보냈다. 유안이는 그런 형석의 모습이 걱정스럽게 보이기도 했다. 제아무리 젊다지만, 그는 제 몸을 돌보지 않고 학생들과의 시간에만 너무 열중했던 것이다. 매일 아침 코피를 쏟는 것은 여사였고. 일주일이 멀다 하고 몸살을 앓았다. 그런 형석의 마음을, 학생들은 모를 리 없었다. 불과 1년 만에 그는 산둥성에서 명교사로 손꼽히게 되었다. 유안은 손뼉을 치며 좋아했다. 그리고 깨달았다.

'어디에서 무엇을 하든 간에 형석 아저씨만큼 자신의 모든 걸 내던진다면, 세상은 끝내 그를 알아주게 되어 있어!'

1934년, 형석은 산동행정인원훈련소 교관직에 위촉받으면서 제남에 있는 산동성립여자사범부속소학교로 전근하게 되었다.

유한, 한서, 한희, 한석, 한유…
어떤 예술가의 여러 이름들

형석에게도 고된 시간이 지난 걸까, 산동성의 도읍인 제남 땅으로 들어선 무렵부터 생활이 조금씩 그 주름을 펴기 시작했다. 만주에 망명 중이던 부모님과 연락이 닿기도 했다. 그들의 안녕을 확인할 수 있었던 것만 해도 형석의 마음에 깊게 팬 주름이 반듯하게 펴지는 것만 같았다. 나아가 당시 서울에서 공부를 하고 있는 다섯 동생의 학비까지 매월 보내줄 수 있었다. 유안이는 함박웃음을 머금고 은행에 다녀오는 형석의 모습이 의아했다.

'아무리 동생들이라지만, 선생님 월급이 그리 많지도 않을 텐데…'

하지만 형석은 이 엄혹한 시절 속에 뿔뿔이 흩어져 살

고 있는 가족들이 서로 연결되어 있음을 확인하는 것만으로도 기뻤다. 마음의 안정을 찾고부터 형석은 본격적으로 예술구국의 길을 걸어 나갈 수 있었다. 그 시작은 형석에게 날아든 제안 하나였다.

"중국인의 의식을 고쳐시켜, 하나로 묶을 수 있는 군가 하나를 만들어 주시오."

형석은 드디어 때가 온 것이라고 생각했다.

'이날을 위해 신화예술대학에서부터 갈고 다듬어온 실력을 모두 발휘하리라!'

며칠 밤이 흘러갔는지 세지도 못할 만큼 형석은 일생의 첫 작품에 매달렸다. 그렇게 「신혁명군가」가 세상에 나왔다. 이 군가는 곧장 중국 전군에 보급되었다. 이 작품이 비록 조국의 군대를 위한 노래는 아니지만, 민족의 적인 일본과 맞서 싸우는 현장에서 불릴 것이었다.

노래의 대성공과 함께 형석은 어느덧 제남에서 유명한 예술교사가 되어 있었다. 사람들은 노래가 품은 기상에 반해 형석을 실제로 만나고 싶어 했다.

"선생님이 「신혁명군가」를 지으신 한유 선생님이십니까?"

"그렇습니다."

"만나 뵙게 되어 대단히 영광입니다. 선생님의 노래에 중국인들의 가슴이 뜨거워졌습니다."

"감사합니다."

"저기… 가사를 쓰신 한서 선생님도 뵙고 싶습니다만…"

"그도 접니다."

"네에?"

영문을 알 리 없는 사람들은 놀랐지만, 유안은 빙긋이 웃기만 했다. 「신혁명군가」를 완성하는 그날 밤, 유안은 보았다. 그가 악보의 귀퉁이에 '한유 작곡, 한서 작사'라고 써넣는 것을. 그때만 해도 유안이는 왜 남의 이름을 거기 넣는지 알 수 없었지만, 이제는 왜 그렇게 했는지 알 것 같았다. 그것은 바로 형석의 조국을 그리는 마음 때문이었다.

"유(悠) 자를 받치고 있는 마음(心)은, 비록 몸은 떨어져 있으나 항시 저의 조국인 한국(韓)을 그리고 있는 저의 마음을 나타냅니다."

형석의 설명에 사람들은 잠시 고개를 떨어뜨리고 말을 잇지 못했다. 형석은 그즈음부터 자신의 이름을 한유한이라고 소개하고, 작품마다 여러 이름을 섞어서 붙였다. '유한, 한서, 한희, 한석, 한유…' 그가 사용한 모든 이름들은 모두 조국을 사랑하는 마음들이 낳은 것이었다.

유안이는 형석이 창작에 몰두하는 모습을 보는 것이 좋았다. 그러나 그가 마냥 방에 틀어박혀 예술창작에만 몰두하는 사람이 아니어서 더욱 멋있다고 생각했다. 그는 산동성립여자사범부속소학교의 현대식 교사를 건축할 때, 직접 두 팔을 걷어붙이고 설계하여 아동극장을 창설한다. 이때 지어진 극장은 중국 대륙 최초의 아동극장이었던 것이다.

1937년, 여름으로 접어드는 길목이었다. 나라는 일본에 의해 고통받고 있었으나, 어디 동심마저 앗아갈 수는 없었다. 방학을 맞은 아이들은 땀을 뻘뻘 흘리며 신나게 뛰놀고 있었다. 형석은 아이들을 보면서 저들의 미래가 곧 조국의 미래라고 생각했다. 그는 다시금 창작열에 불타올랐다. 그리고 6월, 형석의 생애 첫 종합예술작품인 〈리나〉가 무대에 올랐다.

일본에 의해 고통을 겪고 있는 한국이나 중국처럼 그즈음 세계 많은 나라들이 조국의 산과 들을, 강과 바다를 빼앗긴 채 슬퍼하고 있었다. 유럽의 폴란드라는 나라도 비슷한 처지였다. 작품의 내용은 이러했다. 온 나라를 돌며 조국의 광복을 노래하는 한 나이 든 음악가가 있었다. 그의 곁에는 언제나 어린 딸이 함께했다. 마치, 형석과 유안처럼 말이다. 그러던 어느 날, 형사가 들이닥쳐 이들을 체포했다. 하지만, 식민의 설움을 꾹꾹 장전한 정의의 권총이 형사를 가만두지 않았다. 형석은 조국의 광복을 그리는 마음을 이 음악가에게 오롯이 투영시켰다. 관객들은 이 노(老)음악가의 역할로 변신한 형석에게 아낌없는 박수를 보냈다.

작품은 대성공이었다. 그는 무엇보다도 아이들에게 내일에 대한 희망을 줄 수 있다는 사실이 기뻤다. 돌이켜보면, 형석도 지난날 빼앗긴 나라의 아들로 자라지 않았던가!

그는 다음 세대가 살아갈 세상은 분명 달라야 한다고, 되뇌고 또 되뇌었다. 그럴수록 형석은 예술구국을 향해 한 발, 한 발 가까워지고 있었다. 그는 조용히 눈을 감았다. 조성환 선생으로부터 '총칼로만 독립운동을 하는 것이 아니다'는 이야기를 들었던 것이 모두 엊그제만 같았다.

이 3막짜리 아동 가극 〈리나〉를 만들면서, 형석은 이야기와 노래를 만들고, 연출과 연기까지 소화해냈다. 이 경험은 그에게 고스란히 쌓여, 훗날 그가 만들 오페라 〈아리랑〉의 밑거름이 되었다.

9. 사선을 넘어 애국청년들과의
감격적인 만남(1937~1940)

전쟁의 한복판으로 첨벙 뛰어든 예술가,
사선에서 "부요 펑치"를 외치다!

1937년 7월 7일, 베이징 교외의 작은 돌다리 '루거우차오(蘆溝橋)'에서 몇 발의 총성이 울렸다. 그때만 해도 아무도 몰랐다. 1945년, 일본의 항복 선언이 있기까지 무려 8년이나 세상이 전쟁의 참화 속으로 빨려 들어갈 줄은. 바로 중일전쟁이 터진 것이다.

철저히 침략을 목표로 한 일본의 공격은 베이징과 톈진, 상하이와 난징 등의 주요 도시들을 순식간에 무너뜨렸다. 이 전쟁에서 가장 끔찍한 사건은 5만여 명의 일본군이 장악한 난징에서 일어났다. 그들은 약 2개월 동안 무방비상태로 남은 난민과 주민들을 살육했던 것이다. 약 30여만 명이 이때 목숨을 잃었을 것으로 추정되는데, 그 수는 정확히 알려지지도, 가늠하기도 쉽지 않았다. 쌓인 시체가 산을 이루었으며, 그들이 쏟은 피가 강을 이루었다. 일본군은 입에 담기조차 끔찍한 온갖 수법을 동원하여 도시를 지옥으로 만들었다. 난징뿐만이 아니었다. 그들이 휩쓸고 지나간 곳은 어디든 끔찍한 만행이 이어졌다. 전쟁 전 기간에 걸쳐, 그들은 1,200만 명의 중국인을 죽였다. 인간으로서 결코 이해할 수 없는 이 학살은 인류역사가 결코 잊지 말아야 할 기억이 되었다.

중국은 당시 국민당과 공산당의 내전으로 혼란이 거듭되는 상황이었으나, 일본이라는 거대한 악마에 맞서 싸우는 것이 우선이었다. 그들은 국공합작(國共合作)이라 불리는 항일 민족통일전선을 형성하여 본격적인 항전에 나섰다. 또한 중국 민중들도 자력으로 항일 자위조직을 만들어 일본군에 대항하기 시작했다. 이때, 가장 먼저 항전의 깃발을 높이 치켜든 것은 문화예술인들이었다. 그들은 누가 시키지 않아도 자발적으로 총궐기에 나서서 항일연극대를 조직하고, 전후방 가릴 것 없이 공작대로 활동하기 시작했다. 형석도 남의 나라의 전쟁이라 생각하지 않고, 일본과의 싸움에 두려움 없이 첨벙 뛰어들었다.

형석은 제남의 예술인들을 모아 항일연극대에 참가했다. 형석이 이끄는 공작대는 중국의 넓은 농촌을 돌며 항일의식을 고취시킬 연극으로 공작활동을 펴기 시작했다. 전쟁 초기만 하더라도 중국은 속수무책으로 일본군에 유린당하며 함락되길 반복했다. 전쟁이 시작된 지 6개월 만에 전국의 거의 모든 주요 도시는 일본군의 손아귀에 들어갔다. 그러나 중국은 넓었고, 일본은 형석처럼 항전의 의지가 타오르는 모든 민중들을 주검으로 만들 수는 없었다. 형석은 그것을 알고 있었다.

'언젠가는 이기리라!'

형석은 중국희극학회 소속 제2항일연극대장이 되어 40여 명의 대원들을 이끌고 2년간 각지를 돌게 된다. 문인, 화가, 음악인, 연극인 등으로 편성된 이들은 사람들이 있는 곳마다 벽보를 붙였다. 글 쓰는 이들은 이 벽보에다 전황을 비롯한 각종 소식을 써나갔으며, 그림 그리는 이들은 항일만화나 그림을 그렸다. 음악부와 연극부의 공연도 항일의 씨앗을 민중들의 가슴 속에 심어주었다. 일본군의 제아무리 앞선 근대병기와 친일괴뢰정부도 이들의 활동을 꺾을 수는 없었던 것이다.

1939년 6월, 형석은 중국 중앙군 34집단군 제10사 정치부 공작대장으로 임명되어 산서성의 중조산 전투에 참전한다. 전쟁터는 하늘로 솟아오르는 포연을 따라 흙내와 비릿한 쇠 냄새가 진동했다. 형석은 사단본부를 따라 전진공격을 하고 있었다. 그러나 갑작스러운 후퇴 명령이 떨어지는 바람에 형석은 30여 명의 대원들과 함께 낙오된 채 적군에게 포위되고 말았다. 속절없이 죽은 목숨이나 다름없었다. 그러나 형석은 이 타국에서, 그것도 일본 놈들의 손에 죽을 수는 없었다.

'살아야 한다!'

형석은 이틀을 꼬박 밤을 새우며 포위망을 뚫으려고 산중을 헤맸다. 아무것도 먹지도 자지도 못했던 부대원 모두는 더 이상 발을 들어 옮길 힘도 없었다. 옆의 전우들이 죽어 나갔다. 모든 것이 현실감이 없었으나, 동료들의 죽음만은 형석을 뼈를 저미는 슬픔으로 몰고 갔다. 죽음이 눈앞에서 어른거렸다. 그는 지난 2년간 펼쳐왔던 공작활동을 떠올렸다. 그들의 글과 음악, 노래와 연기를 보고 많은 이들이 적개심에 떨며 의용군에 입대했었다. 형석의 정신은 점점 희미해져 갔다. 자꾸만 잠이 쏟아졌다. 그는 산동성립여자사범부속소학교 시절, 아동극장을 만들고 아동 가극 〈리나〉를 무대에 올린 일이 떠올랐다. 그런가 하면 교사자격증 하나만 달랑 들고 상하이를 떠난 일, 아버지의 말씀을 따르지 않고 신화예술대학에 결심한 일들이 차례로 떠올랐다. '아버지 죄송합니다… 이 불효자는 아버지보다 먼저 세상과 작별하려나 봅니다…' 형석은 이대로 잠이 들면, 죽는다는 것을 직감하고 있었다. '조성환 선생님, 예술구국을 제대로 실현시키지 못하고…'

그 순간이었다. 형석의 귓가에 울부짖는 여자아이 소리가 났다.

"눈 떠! 당신 지금 안 죽으니까, 어서 눈 뜨라고!"

형석은 머리를 흔들었다.

"누, 누구야!"

유안이었다. 유안은 그의 삶에, 이 유장한 역사의 질곡에 절대 끼어들어선 안 된다고 생각해왔지만, 이 순간만은 참을 수가 없었던 것이다. 이를 알 리 없는 형석은 목소리의 주인을 찾기 위해 두리번거렸다. 그는 헛것을 들었다고 생각할 수밖에 없었다. 이 치열한 산중 전쟁터에 여자아이가 있을 리 없었다. 어쨌든 그는 이 목소리 덕분에 자신을 집어삼키려던 죽음으로부터 빠져나올 수 있었다.

유안의 두 눈엔 눈물이 뗴구루루 흘러내렸다. 꼭 잡은 형석의 손은 숱한 고생 끝에 꺼칠하게 마르고 굳은살이 단단하게 박혀 있었다. 누가 그의 손을 음악인의 손이라고 생각하랴! 유안은 갓 태어난 아기 형석이 자신의 손가락을 꼭 쥐고 있던 것이 엊그제만 같았다.

유안이 상념에 젖어있을 때, 형석은 자기처럼 죽음의 문턱을 넘으려는 대원들을 안간힘을 다해 흔들어 깨우고 있었다.

"부요 펑치!(不要放弃!)"

그는 쉰 목으로 '포기하지 마!'를 외치며, 살아남은 대원들과 함께 기적의 탈출을 이끌어냈다.

중국 중앙육군군관학교 제7분교 군수실습반
소교 보통학 교관시절의 한형석

'동지'가 되는 데는
아무런 말도 필요 없었다

　　1939년 10월, 형석은 사선에서 돌아왔으나 쉴 수 없었
다. 중국 국민당정부 군사위원회로부터 '전시공작간부훈
련단 제4단(약칭 간사단)'의 음악교관으로 발령받았기 때
문이었다. 그 스스로도 한 번 죽은 것이나 다름없는 삶,
조국의 광복을 위해 아낌없이 바치리라는 생각으로 더욱
불타오르고 있던 차였다.

시안 지역에 설치된 간사단은 치열한 전황 속에서 단기간에 청년간부를 훈련시켜 정치부 장교로 파견하는 특수 훈련 기관이었다. 당시, 이곳 간사단의 훈련생은 약 만여 명에 달했다. 형석은 그곳의 부교육장인 장견인 장군과 신망이 매우 두터웠다. 왜냐하면 그가 쓴 글에 형석이 곡을 붙여「전사가」를 만들었기 때문이었다. 형석의 예술적 역량에 반한 탓인지, 얼마 가지 않아 장군은 형석을 중교 교관으로까지 승진시켜 주었다. 모르는 사람이 보면, 형석은 중국인에 붙어 출세가도를 달리는 시기의 대상이 될 수도 있었다. 그렇지 않아도, 그 무렵 충칭 지역에서 온 한국의 공작대원들 사이에서는 이러한 소문이 이미 퍼져 있었던 모양이었다.

가을이 이슥한 어느 밤, 형석은 그의 방문을 두드리는 소리에 이끌려 발길을 옮겼다. 그 소리가 기분 나쁠 정도로 다급했기에, 유안은 어쩐지 형석이 문을 열지 말았으면 했다.

"뉘신데, 이 밤에 문을 두드리시오? 기다리시오."

형석은 별 의심 없이 문을 열었다. 문 앞에는 낯모르는 사내가 형석을 빤히 쳐다보고 있었다. 형석을 아래위로 훑던 그는 가슴팍에 달린 이름을 보고는 입을 열었다.

"한유한, 내가 맞게 찾아왔구먼."

"누구시오?"

"쳇, 나랏말까지 까먹지는 않았군."

그는 형석이 묻는 말에 대답을 않고, 제가 할 말만 했다.

"한국인이면 한국인답게 살 것이지, 왜 중국인 행세를 하면서 호의호식하시오!"

형석은 중국 땅에서 한 번도 잘 먹고 잘산 적 없었으며, 중국인 행세를 한 적은 더더욱 없었다. 이 예의 없는 독설 앞에 기가 막힐 노릇이었지만, 그는 또래로 보이는 청년을 방으로 들였다. 간사단 관사 내에 있던 자신의 숙소를 찾아올 정도라면, 그것이 오해든 진실이든 확실한 용건을 가지고 온 것일 터.

사내는 생각지도 못한 형석의 손길에, 그의 방으로 주춤 발을 들이고 말았다. 방에 들어선 사내는 시간이 멈춘 듯 그 자리에서 얼어붙고 말았다. 그의 시선은 형석의 침대 위에 내걸려있던 태극기에 꽂혔다. 형석이 사내의 손을 덥석 잡자, 그는 뜨거운 눈물을 흘리며 형석을 부둥켜안았다. 그 낡은 명주천에 그린 태극기는 십 년 전, 아버지가 조국의 흙과 함께 그에게 준 것이었다.

'중국인 행세를 하는 한국인'에서 '한 동지'가 되는 데는 아무런 말도 필요 없었다. 한국청년전지공작대의 대장 나월환과 바로 이튿날부터 입대해 예술조장이 될 한형석은 그날, 그렇게 밤이 새도록 술잔을 기울였다.

한국청년전지공작대는 그해 11월, 충칭에서 결성되어 우리 동포가 많이 사는 화북지방과 서북전선이 가까운 시안을 근거지로 두고, 활동의 기지개를 켰다. 그들은 일본 군의 기밀을 탐지하고, 한인들에 대한 선전과 모집활동 등의 임무를 수행했다. 형석이 입대할 즈음 공작대원의 수는 삼십여 명이었고, 이 가운데 중국 중앙 군관학교 출신도 십여 명 포함되어 있었다. 그 밖의 대원들도 대부분 일본, 상하이, 만주 등 각지에서 유학을 하거나 독립운동에 참여했던 학식이 높고, 가슴은 뜨거운 애국청년들이었다.

그들은 드높은 항일의지를 자랑했으나, 현실적으로 이들의 교육을 이끌 기반 시설이 없었다. 이에 대장 나월환은 형석이 속해 있던 간사단을 비롯해 중국정부, 군부와 교섭하여 우리의 청년들을 위탁교육시키려고 했다. 그의 노력과 형석의 도움으로 간사단 안에 한국청년전지공작대가 모집해온 청년들을 훈련시키는 한국청년간부훈련반(약칭 한청반)이 특설되었다.

형석은 한국청년전지공작대의 예술조장뿐만 아니라, 한청반의 교관까지 맡게 되었다. 몸이 몇 개라도 모자랄 지경이었지만, 중조산 전투에서 살아 돌아온 후로 형석은 제게 주어진 모든 상황을 운명이라 여기고 제 한 몸 던지기로 했다.

형석은 간사단에서 높은 지위에 있었으나, 배고픔은 모

두 똑같았다. 하루 두 끼의 식사는 만두 하나, 소금 푼 콩나물국에 무김치 한 토막뿐이었다. 그나마도 제대로 된 식당이 없어서 간사단 훈련생들은 땅바닥에 주저앉아 불어오는 모래바람을 맞으며 끼니를 넘겨야 했다. 그러니 하루가 멀다 하고 영양실조로 쓰러지는 이들이 생겨났다. 그러나 똑같은 밥을 먹고, 똑같은 훈련을 소화해도 한국의 청년들은 한 명도 쓰러지지 않았다. 이를 정신력이 아니고선 어떻게 설명할 수 있을까!

西安에서 殉國한 羅月煥
韓國靑年戰地工作隊長

한국청년전지공작대 나월환 대장과 그의 사진을 간직한 한형석 선생님

한청반을 이렇게 강한 정신력으로 묶은 것은 무엇일까?
유안이 보기엔 '음악의 힘'인 것만 같았다. 아침 여섯 시,
넓은 연병장을 가득 채운 일만여 중국인 장정들 앞으로
형석이 연단에 올랐다. 아침조회의 시작은 국기에 대한
경례였다. 군악대의 반주와 함께 형석의 지휘봉을 따라
중국 국가가 흘러나오기 시작했다. 그때마다 형석은 가슴
뜨듯해지는 고양감으로 어깨가 으쓱 올랐다. 그러나 한청
반이 간사단으로 들어온 후부턴 이 일이 여간 곤욕이 아
니었다. 연병장 제일 가장자리에 모여 있던 한청반은 힘
없이 고개를 떨어뜨리고만 있는 것이 아닌가.

형석은 휴식시간마다 한청반을 불러 모아 지휘봉을 잡
기 시작했다. 그들은 모두 목이 터져라 애국가를 부르며
나라 잃은 설움을 토해냈다. 이를 보는 유안의 작은 가슴
속에도 나라 사랑하는 마음이 가득 들어차고 있었다.

♪ 무궁화 삼천리 화려강산
♪ 대한 사람 대한으로 길이 보전하세

10. 조국의 품에서 새로운 꿈을 꾸는
어떤 광복군(1940~1953)

해방된 조국의 품에 안기는 것 말고는
내 삶에 어떤 기쁨도 있을 수 없어

♪ 가을 하늘 공활한데 높고 구름 없이

♪ 밝은 달은 우리 가슴 일편단심일세

♪ 무궁화 삼천리 화려강산

♪ 대한 사람 대한으로 길이 보전하세

1948년 9월, 형석은 바닷바람을 맞으며 나지막이 애국
가를 읊조리고 있었다. 노랫말대로 높고 구름 없는 가을
하늘 아래, 그는 꿈에 그리던 조국과 조금씩 가까워지고
있었다. 귀국선에 몸을 싣기 전까지 형석은 그가 속한 광
복군에게 맡겨진 새로운 임무를 수행하고 있었다. 그것은
중국 각지에 흩어진 동포들과 일본군에게 끌려간 한국 국
적의 군인들을 모아 해방된 조국으로 보내는 일이었다.
그는 제남 특파원 주임으로 임명되어 동포들을 찾는 일에
매달렸다. 그리고 자신도 마지막 귀국선에 몸을 실었다.

해방된 조국 땅에 발을 딛는다는 것은 매일 밤, 매일 낮 꿈꾸고 바라마지 않던 일. 형석의 가슴은 설렘으로 터질 것만 같았다. 그즈음 해방공간에는 자유진영과 공산진영의 반목이 극심했고, 민족과 반민족 세력들이 뒤섞여 치열한 다툼을 벌이고 있다는 이야기가 바람결에 들려왔다. 형석도 하루빨리 돌아가 힘을 보태고 싶은 마음이 굴뚝같았지만, 조국을 떠나올 때, 그의 나이 고작 일곱 살이었다. 형석의 가슴은 설렘의 한 편에 두려움도 그 덩치를 키워가고 있었다.

형석이 삼십 년 만에 처음으로 밟은 고국 땅은 인천의 월미도 수용소였다. 그곳에서 일주일을 보낸 뒤, 검역소로 향했다. 검역을 기다리는 형석에게 특별 면회 신청이 들어왔다.

'대체 누가 나를 보기 위해 여길 왔단 말인가?'

형석은 눈을 비볐다. 철기 이범석 장군의 부인인 김마리아 여사가 서 있는 것이 아닌가!

그녀를 따라 고향보다 먼저 향한 곳은 이범석의 자택이었다. 그는 형석을 만나자, 온몸이 으스러지도록 와락 안았다.

"이 무정한 사람아…"

장군은 뜨거운 눈물을 흘리며, 오랫동안 형석을 놓아주질 않았다. 시계는 벌써 해방 후, 삼 년이나 흐르고 있

었다. 그 세월 동안 어떻게 연락 한번 없었느냐고 두 사람
은 울다 웃기를 반복했다. 그들은 지금으로부터 8년 전인
1940년 9월, 임시정부 산하 한국광복군이 창설될 시점부
터 지금껏 피를 나눈 형제보다 더욱 뜨거운 사이였다.

철기 이범석 장군과 한형석 선생님의
육필 스크랩 흔적

갖은 어려움을 뚫고 탄생한 광복군의 목적은 국제사회
에서 공인된 정부군으로 일본군을 무찌르고 조국의 독립
을 쟁취하는 것이었다. 광복군의 총사령관은 지청천 육군
대장이, 철기 이범석 장군이 참모장에 취임하였다. 충칭
에 설치된 광복군 사령부가 시안으로 옮겨오자, 그 무렵
형석이 활동하고 있던 한국청년전지공작대는 1941년 1
월, 한국광복군 제5지대로 편입되었다. 간사단의 한청반
을 통해 군사훈련을 수료한 수백 명의 애국청년들의 합세
로 제5지대는 순식간에 광복군의 주부대가 되어 있었다.

뒤이어 1942년 4월 약산 김원봉이 이끄는 조선의용대
가 광복군에 합류하여 광복군 제1지대로 개편되자, 종전
의 제1·2·5지대는 통합하여 제2지대로 개편되었고, 이범
석 장군이 지대장에 임명되었다. 물론, 한국청년전지공작
대도 1942년 5월 다시 광복군 제2지대로 개편되었다. 시
안에 본부를 두고 있던 제2지대는 섬서성, 허난성 등지에
서 주로 활동을 했다.

철기 장군은 대원들의 훈련을 직접 지휘하곤 했다. 그
는 조국 해방을 위한 결전의 날이 얼마 남지 않았다고 생
각했다.

"우리는 곧 만주를 거쳐 압록강을 건널 것이다. 우리의
피로 잃어버린 우리의 조국을 되찾자!"

그의 우렁찬 목소리에 광복군은 하늘과 땅을 울리는 함

성으로 답했다. 그즈음 형석은 제2지대의 예술조장으로, 이범석 장군의 진두지휘로 위문 및 선무공작·공연활동에 바쁜 나날을 보냈다. 이때 공연대가 즐겨 무대에 올린 작품이 〈아리랑〉이었다. 하루는 장군이 형석을 불렀다.

"장군, 부르셨습니까?"

그는 평소 대원들 앞에서 보이던 엄한 얼굴을 거두고, 형님처럼 다정하게 형석의 어깨에 팔을 둘렀다.

"우리 산책이나 할까?"

곳곳에서 결사항전이 펼쳐지고 있었지만, 그들은 오늘 하루 주어진 생의 시간을 무척 소중하게 다루었다. 목숨이야 언제든 버릴 수 있는 것이지마는, 그전까지는 있는 힘껏 열심히 사랑하며 꿈을 잃어버리지 말자는 것이 그들의 신조였다. 그날따라 형석의 걸음이 무겁게 보였는지 장군이 입을 뗐다.

"한 동지는 군인이지만, 동시에 예술가이지 않소?"

형석은 대답 대신 희미하게 웃어 보였다.

"동지도 베토벤이나 모차르트 같은 곡을 남기고 싶을 텐데…"

장군은 형석의 손을 꽉 쥐었다.

"해방된 조국의 품에 안기는 것 말고는 어떤 기쁨도 있을 수 없습니다."

"그래요. 동지의 그 마음이 저 높이 펄럭이는 저 국기를 보는 것 같소."

두 사람의 고개가 게양대 꼭대기에서 펄럭이는 국기를 향했다. 그 순간, 번개 같은 예술적 영감이 둘을 휘감았다. 그날 이후, 이범석 장군이 글을 쓰고 형석이 곡을 붙인 「국기가」가 탄생했다.

이 시기, 형석은 「국기가」를 포함한 100곡이 넘는 독립군가를 작곡했다. 「광복군 제2지대」, 「아리랑행진곡」, 「조국행진곡」, 「출정」 등 강렬함과 웅장함, 장중함과 호방함이 느껴지는 형석의 독립군가는 광복군의 사기진작에 더 할 수 없이 중요한 역할을 담당했다. 1940년 4월 나온 『신가극삽곡집』의 출간을 시작으로, 1943년 10월엔 그의 작품들을 묶은 『독립군가 제1, 2집』이 전 광복군으로 보급되었으며, 중국어로도 번역돼 많은 이들의 가슴을 뒤흔들었다.

삼십 년 만에 내디딘 조국,
고향에서 꾸는 새로운 꿈

"고향으로 내려가겠습니다."

"이 무정한 사람…"

그 누구보다 강철 같은 사내였으나, 철기 장군은 밀려오는 서운함을 숨길 수 없었다. 형석은 그에게 또다시 무정한 사람이 될 수밖에 없었다. 형석이 장군의 집에 머무르는 동안, 장군은 하루도 빠짐없이 저 친구와 무엇을 할지 즐거운 고민에 빠지곤 했다.

"오늘은 생각이 좀 정리되었어?"

다정히 묻는 그의 말에 형석이 들려준 대답은 퍽 단호한 것이었다.

"조국 속에서 조국을 배운 뒤, 저의 분수를 좇아 살아가겠습니다."

이범석은 1948년 정부수립과 더불어 초대 국무총리와 국방부장관을 겸임하는 등, 큰 뜻을 펼치고 있었다. 그에겐 해방된 조국을 함께 일으켜 세울 동지가 필요했다. 그같이 거대한 이유를 뒤로하더라도 살같이 아끼는 형석을 곁에 두고 싶은 마음이 간절했던 것이다. 두 사람은 또다시 이별을 맞게 되었으나, 해방된 조국에 발 딛고 살아 있다는 사실만으로도 실은 그들이 그토록 소원하던 것 아니었나.

형석 또한 장군의 권유를 고민하지 않았던 것은 아니다. 그러나 높은 관직도, 휘황찬란한 예술분야의 요직도 모두 마다할 수밖에 없었던 이유는 그의 양심적인 성정 탓이었다. 일곱 살에 고향을 떠나 타국에서 살아온 것이 어언 삼십 년이었다. 나라사랑하는 마음으로 치면 그 누구에게도 뒤지지 않으나, 조국에 대해 그가 아는 것은 '대한민국'이라는 거룩한 이름뿐이었다. 그 조국을 찾기 위해 싸워왔을 뿐, 형석은 그밖에 아무것도 바랐던 것이 없었다.

고향으로 내려온 형석을, 늙으신 부모님은 뜨거운 눈물로 맞아주셨다. 부모님은 중국 산서성에서 해방을 맞아 그보다 2년 일찍 귀국하셨다고 했다. 형석은 비로소 혈육의 따스한 체온 속에서 제 몸속을 돌고 있는 한국인의 피를 느낄 수 있었다.

형석은 광복된 조국에서 모처럼 편안한 휴식을 갖게 된다. 그즈음 이범석은 초야에 묻혀 지내고 있는 형석에게 다시 제안 하나를 한다.

"이번에도 거절하면, 정말 가만 안 둬!"

이범석은 웃음기 섞인 엄포를 놓았다.

"아무리 생각해도 자네만 한 적임자가 없어서 그러네."

"무슨 일입니까?"

"자네가 중국에 있을 때부터 늘 입에 달고 살던 바로 예술구국의 일이지."

형석은 자세를 고쳐 잡고 수화기에 귀를 기울였다. 그것은 일제강점기 때 영화관이었던 보래관을 국립부산문화극장으로 만드는 일이었다. 장군의 말을 듣는 순간, 형석은 일 년여 간 쉬는 동안 잊어가던 '예술구국'의 정신이 되살아나는 것을 느꼈다.

'그래! 해방을 맞았지만, 예술구국의 길은 아직 끝나지

않았어!'

형석은 이 일에 무섭게 매진했다. 그의 귓가엔 김구 선생님의 말씀이 맴돌았다.

"우리의 부력은 우리의 생활을 풍족히 할 만하고, 우리의 강력은 남의 침략을 막을 만하면 족하다. 오직 한없이 가지고 싶은 것은 높은 문화의 힘이다."

형석은 미래의 문화강국 대한민국을 꿈꾸며, 극장을 단장했다. 부강한 나라의 곳간은 언젠가 비게 마련이며, 일

국립부산문화극장의 개관일

제의 침략에 가슴 아팠던 기억이 있기에 내 나라가 남을 침략하는 것도 바라지 않는다. 김구 선생님과 형석의 소원은 우리 대한민국이 가장 아름다운 나라가 되는 것이었다.

'국립부산문화극장이 그 주춧돌이 될 것이다!'

형석은 완공과 동시에 이곳이 부산의 자랑거리가 될 거라고 확신했다. 그는 사비를 털고 빚까지 지어가며 마침내 극장을 완공했다.

1950년 6월 18일, 국립창극단까지 불러 거창한 개관식을 가졌다. 형석은 새로운 꿈을 뭉게뭉게 키워가고 있었다.

'이곳에서 사람들은 노인, 아이 할 것 없이 새로운 꿈을 꾸게 될 거야!'

이 모든 과정을 지켜보아 온 유안이는 아저씨의 손을 꼭 잡으며, 반드시 그렇게 되길 소원했다. 그러나 이 꿈은 개관 일주일 만에 발발한 한국전쟁이 휩쓸고 가버렸다.

전쟁이 낳은 비극 속엔 형석의 좌절도 들어 있었다. 부산이 임시수도로 지정되자, 극장은 곧 임시국회의사당 역할을 떠맡았다. 이후, 연합군이 들어오자 극장은 미군의 손아귀에 들어가 버렸고, 형석은 단순한 극장관리인으로 전락하고 말았다. 그는 이 모든 현실이 믿기지 않았다.

'어떻게 되찾은 조국인데, 이 조국에서 동족이 서로에게 총을 겨누고 피를 흘리고 있다니…'

그는 극장을 뺏겼다는 사실보다 조국과 우리 민족에게

불어 닥친 비극에 가슴 아파했던 것이다. 그러나 고통스러운 시간들이 영원할 수는 없다. 형석은 전쟁으로 인해 넘쳐나는 천애고아들을 보면서 그 아이들의 꿈을 되찾아 주는 일을 하기로 결심했다.

'왜 어른들의 싸움에 아무 잘못 없는 아이들이 고통을 당해야 하는가!'

형석은 아이들을 위해, 우리 모두의 미래를 위해 직접 기둥을 세울 목재를 이고 지고 날랐다. 바로 자유아동극장을 세우기 위해서였다. 그가 이 같은 꿈을 공상에 그치지 않고, 설계부터 건설까지 현실화시킬 수 있었던 것은 바로 광복군에서의 쌓아왔던 예술구국의 경험 덕분이었다.

한국광복군의 활동이 본격화됨에 따라 그에게 주어진 임무도 나날이 더해만 갔다. 형석은 광복군 시절, 맡았던 예술조장과 더불어 시안의 전시아동보육원 섬서분회 제2보육원 부속 아동예술반 주임 겸 희극 주임을 맡기도 했다. 1944년 7월, 아동극장을 창설하고 운영하는 한편, 제2보육원 예술학교장을 역임하였으며, YMCA 합창단도 지휘했다. 몸이 몇 개라도 모자랄 정도로 많은 일을 떠맡고 또 앞장섰던 그의 활동에 오페라도 빼놓을 순 없다.

이때 창작한 작품들은 가까운 후방도시와 전선지역을 돌며 쉴 새 없이 관객들을 만났다. 항일가극 〈아리랑〉(전

3막)과 〈승리무곡〉(전6막)에서 형석은 늘 그랬듯 글과 곡의 창작과 연출, 주연까지 소화해냈다. 〈아리랑〉은 10회, 〈승리무곡〉은 30여 회에 달하는 공연 횟수를 기록했다. 형석이 이끄는 공연대가 지나간 지역마다 중국인들 사이에선 우리말로 된 '아리랑'이 유행했다.

예술작품이 지닌 힘이란, 참으로 탄피 하나와 맞바꿀 수 없는 거대한 것이었다. 한국광복군뿐만 아니라 중국 중앙군의 사기 진작과 중국 인민대중의 항일투쟁정신을 일깨우는 데에도 형석의 작품은 큰 영향력을 발휘했다. 아울러 1937년 7월 7일 중일전쟁 발발 이후 한국임시정부가 가장 어려운 시기를 보낼 때, 한국과 중국의 관계 개선에도 크게 기여했다.

유안은 이제 저의 아버지보다 나이가 든 형석을 물끄러미 올려다보았다. 이제 아저씨 대신, 선생님으로 불러야 할 것 같다고 생각했다. 유안이 보기에 형석 선생님은 누구보다 문화예술로 나라를 구하겠다는 일념이 강한 사람이었다. 중국의 어느 소학교 교사에 지은 아동극장부터 부산문화극장, 자유아동극장까지 이어진 선생의 집념과 의지에 절로 존경의 마음이 솟았다. 유안이는 오랜만에 선생님의 손을 잡아보았다. 고단한 세월이 녹아든 꺼칠한 손을 매만지는 동안, 어둠이 내렸다.

해가 진 극장으로 하나둘 아이들이 몰려들었다. 유안이

또래부터 꽤 나이가 찬 고등학생까지, 무려 구십여 명의 청소년들이 매일 이곳, '색동야학원'을 찾았던 것이다!

극장의 대변신이랄까?

이 변신을 가능하게 했던 것은 형석의 힘뿐만이 아니었다. 아이들에게 학교를 대신하여 국어, 산수, 과학 등의 과목과 음악, 미술과 같이 예술교육에 기쁜 마음으로 동참해 주었던 부산대 학생들이 있었기 때문에 가능했다. 뿐만 아니라, 이 복합문화공간이자 공동체를 지지했던 모든 후원인들의 마음이 있었기 때문이었다.

그러나 모든 배곯은 부랑인들과 아이들을 거두고 먹이기엔 한계가 있었다. 형석은 부산대학교에 강의를 다니며 받은 모든 월급을 쏟아부었지만, 텅 빈 쌀독은 채워지기 무섭게 바닥을 보였다. 하루는 월급날 찾아온 옛 광복군 동지의 딱한 사정에 두말없이 봉투째로 주고 말았다는 것이었다. 대부분 위인의 삶이 돈을 좇기 위해 대의를 저버리지 않았다지만, 그는 끝을 모르고 나누는 삶을 실천에 옮겼다. 그런 안간힘을 다한 노력에도 자유아동극장과 색동야학원은 결국 2년여 만에 문을 닫게 되었다.

폐업 소식이 알려지자, 아이들의 울음소리가 끊이질 않았다. 우는 것은 아이들뿐만 아니었다. 그곳에서 숙식을 해결했던 많은 사람들, 거기서 추억을 만들었던 많은 이들의 슬픔까지, 비통함에 흘러넘쳤다. 그러나 형석은 믿었다. 이것이 끝이 아님을. 가치로운 추억이 있다면, 그 추억의 힘으로 오늘을 살고, 그렇게 살아낸 오늘은 어제 가 되어 내일의 또 다른 기억이 될 것이라는 걸… 형석은 알고 있었다.

'비록 자유아동극장은 문을 닫지만, 아이들은 내일의 하 늘 아래서 다시 새로운 꿈을 꿀 거야…'

"그렇지? 유안아."

"어, 어? 아마도… 그, 그럴 거예요."

박정수 선생님이 그린 중국 활동 시절의 한형석 선생님 초상화

자유아동극장 벽화작가 박정수 님

11. 가까운 구름 말고 저기, 저 먼 구름…

유안, 긴 여행을 끝내고
아빠와 함께 하늘을 올려다보다

유안이는 깜짝 놀랐다. 선생님이 먼저 유안에게 말을 걸어온 것이다. 유안이 보일 리는 없지만, 그는 언제나 유안이 곁에 있을 거라 생각했던 모양이었다. 그의 추측대로 유안은 선생의 곁에서 많은 것들을 보고 배웠다. 그리고 이제 다시 긴 여행이 출발했던 곳으로 돌아왔다. 유안이는 알 수 없는 광채에 이끌려 발을 옮기었듯, 이제 그 설명할 수 없는 힘에 의해 이 여행이 끝나감을 예감할 수 있었다.

"선생님."

유안이 선생의 등 뒤에 숨어 형석을 불렀다.

"응."

선생의 음성으로 고요한 등에 진동이 느껴졌다.

"수고 많았어요."

"그저 흐르는 대로 흘러갔을 뿐인 걸."

"요기 떠가는 구름처럼요?"

"그래. 고기 제일 가까운 구름처럼…"

형석은 잠시 말을 멈추었다 다시 이었다.

"그러나 가장 멀리, 가장 오랫동안 흐르는 구름처럼."

"선생님은 언제까지 흘러가실 건가요?"

"그건 모르겠다. 예술구국을 끝맺는 날이 아닐까?"

"선생님께서 살아 계시는 동안, 그날이 오지 않으면요?"

"그럼 유안이가 대신 이어주면 되지 않니? 나야, 먼 구름이 되어 내려다보고 있을 테니까."

"…선생님, 그럼 우리 곁을 떠나간 사람들은 아예 사라진 것만은 아닌가요?"

"……"

"선생님? …먼구름 선생님?"

유안은 굳게 걸어 잠긴 문 앞에서 먼구름 선생님을 부르고 있었다. 작별인사도 못 하고, 듣고 싶었던 대답도 못 들은 채로… 마치, 정전이라도 된 것처럼 이렇게 갑작스럽게 여행이 끝나버린 것이었다. 주위는 여전히 문을 열고 들어갈 때 그대로였다. 멈추어버린 아빠는 안내판 앞에 붙어있었고, 도로의 차들도 움직이지 않았다. 지나는 개미 하나를 집어 손바닥에 올렸다. 개미도 움직일 리 없었다. 유안의 조그만 마음속엔 허우룩한 기분이 밀려들었다. 유안은 하늘을 올려다보면서 소리쳤다.

"아직 할 말이 많은데, 이렇게 가시기에요?"

구름도 움직일 리 없었다. 유안이는 갑자기 무서워졌다. 어떻게 해야 다시 시간이 정상적으로 흘러가는지, 아무것도 몰랐기 때문이었다.

"선생님, 섭섭하다고요!"

유안은 하늘을 보고 소리치는 것 말고는 정말이지 무엇도 할 수 있는 게 없었다.

"먼구름 선생님!"

소리를 질렀더니, 목이 아팠다.

"보고 계세요? 네에?"

목이 아프더니, 얼굴까지 데워지며 왈칵 눈물이 나올 것만 같았다.

"엄마! 나 보고 있어? 보고 있냐고…"

유안이 참았던 눈물을 터뜨리고 말았다. 그 순간, 가까운 구름 말고 저기, 저 먼 구름 한 조각이 아주 조금 움직였다. 이를 신호로 세상이 정상적으로 돌아왔다. 버스가 빵 소리를 내며 산복도로를 날쌔게 빠져나갔고, 아빠는 소리 내어 읽던 것을 계속 읽고 있었다.

"아빠?"

"응. 유안아, 이곳은 말이야… 아빠가 설명해줄게. 잘 들어봐. 앗! 유안아, 눈이 왜 이리 빨개? 울었어?"

"아니… 얘기해 줘. 잘 들을게."

유안이 함박웃음을 지었다.

'선생님이 '조국'이라는 어머니를 지키기 위해 그렇게 노래를 만들고 불렀듯이 나도, 나도…'

유안이의 속말은 멀리 흘러가는, 저 면 구름만 들을 수 있는 것이었다.

부산 서구 자유아동극장 터에서 내다보는 부산,
멀리 부산타워가 보인다

양산 솥발산 공원묘지에 계신 한형석 선생님

① 海外篇
　　祖國光復을 爲한 文化活動

1931年부터 解放 될때 까지 約15年間
投身光復運動.

內容.
1. 山東 挺身 時節
2. 抗日初期 演劇隊長 時節
3. 軍官學校 及 戰幹團 時節
4. 韓國靑年戰地工作隊 時節
5. 韓國光復軍 第二支隊 時節
6. 陝西西安 第二俘虜院 時節
7. 山東大陸 時節

한형석 선생님의 육필 메모

작가의 말

유안이와의 여행, 어떠셨나요?

부족한 솜씨로 안내한 여행이지만, 부디 즐겁고 함께 떠나볼 만한 시간이었길 소망합니다.

저는 늘 소설이나 영화가 끝이 났을 때, 남겨진 인물들의 다음 이야기가 궁금하곤 했습니다. 여행은 끝이 났지만, 덮인 책장 너머 유안이의 삶은 이어질 것입니다.

과연, 흘러가는 저 먼 구름만 들을 수 있는 유안이의 속말은 무엇이었을까요?

작은 다짐 하나를 하고 있었을지도 모르죠.

이를테면, '망각으로부터 저항'이랄까요?

이천십 년에 태어난 유안이에겐 앞으로 많은 시간이 남아있습니다. 하루살이 따위가 보기에 그 시간은 무한에 가까운 시간일지 모릅니다. 세월 속에서 아이는 많은 것을 배우고 기억할 것이고, 또 그만큼 잊어갈 것입니다. 시간의 중첩 속에 어떤 기억은 필연적으로 납작해질 수밖에 없겠지요. 그렇담 천구백십 년에 나신 한형석 선생님에겐 어떤 시간이 당신을 기다리고 있을까요? 그것은 역사의 시간일 것입니다.

유안이처럼 기억을 붙들고 망각과 싸우려는 이들에게, 시간은 시쳇말로 화살보다 빠른 것이 분명합니다. 이 같은 연유인지, 인간의 역사랄 것은 그 대부분이 우리의 기억으로부터 멀리 사라지고 없습니다. 믿기지 않겠지만, 우리가 역사라고 부를 수 있고, 또 부를 만한 것은 16세기에 닿아서야 비로소 실제적이고 풍부한 문헌들을 남기게 되었다고 합니다. 때문에 역사란 미래에 대해서 개방되어 있는 만큼, 선행하는 세계에 대해서도 열려 있습니다.

"역사란 무엇인가"라는 질문에 그 유명한 E.H.카의 대답("역사란, 과거와 현재의 끊임없는 대화이다!")이 나온 맥락도 바로 여기에 존재합니다. 역사가는 사실(史實)만을 추종하는 노예가 아니며, 사실을 입맛대로 주무르는 주인도 아닙니다. 역사란 역사가에 의해서든, 힘 있는 자들에 의해서든… 그 어떤 시도에 의해서든 완결될 수 없는 것이지요.

그럼에도 우리는 끊임없이 역사에 대해서 상상하고, 추적합니다. 심지어 박물관에 모셔두기도 하고요. 현재에 적용할 만한 하다고 여겨지는 가르침에 대해서는 기꺼이 배우려 애를 씁니다. 그 가르침이란, 역사가 목격한 진실

일 것입니다. 역사 속 사실은 하나이지만, 진실은 읽어내기에 따라 여럿이기 때문이죠.

한형석 선생님의 발자취를 좇는 동안, 저는 그 같은 역사의 진실을 짧게나마 목격하였습니다. 덕분에 어느 부분은 순식간에 써 내려가기도 했습니다. 하지만 또 어딘가에선 끙끙거리며 사료와 허구 속에서 길을 잃기도 했습니다. 박제된 역사의 책장으로부터 선생님을 뵙고자 하였으나, 이는 결코 간단히 이루어지는 것이 아니었음을 고백합니다. 그럴 때마다 저는 저 홀로 앞서나가는 표현욕을 붙들어 매고, 겸손을 잃지 않으려 애썼습니다. 하지만 그 같은 마음이 다 미치지 못하는 구석도 틀림없이 있을 거라 생각합니다.

초고를 내고 거듭 교정해나가던 즈음, 저는 아내와 딸아이와 함께 아버지 산소엘 다녀왔습니다.

아버지를 뵈러 가는 길은 삼십여 년째 같지만, 그 길에 전에 눈여겨본 적 없던 어떤 묘소가 눈에 들어왔습니다.

한형석 선생님께서 양산 솥발산 공원묘지에 쉬고 계셨던 것입니다.

늘 다니던 길이었지만, 눈 어두운 제가 그제야 선생님을 발견한 것이지요. 저는 홀린 듯 걸어가 한참 고개를 숙이고 있었습니다.

제가 쓴 이야기에선 선생님의 항일활동이 중심에 있습니다. 때문에 중국에서의 활동 이후로는 자유아동극장과 색동야학원의 이야기만이 짤막하게 기술될 뿐입니다. 저의 졸고가 다 담아내지 못한 생의 후반기를, 선생님은 누구보다 아름답게 살아내셨습니다. 당신은 생의 시계가 다할 즈음, 아버지의 유품인 태극기를 고이 간직한 채 이 같은 유언을 남기셨다고 합니다.

"매국노가 매장되어 있는 국립묘지에는 가지 않겠다."

'선생님, 역사의 시간 속에서 영원히 사시길…'

책이 나오기까지 많은 분의 도움을 받았습니다. 주저하는 문장들에 용기와 기회를 준 신용철, 누구보다 먼저 원고를 읽어주곤 예쁜 옷까지 입혀준 박경효 두 형님께 감사드립니다. 역사적 사실과 검증에 부산가톨릭대학교 손숙경 교수님께 의지했습니다. 마음을 다해 책을 만들어주신 임명선 편집자님을 비롯한 호밀밭의 선생님들 감사드립니다. 선친의 삶과 뜻이 시간 속에 부스러지지 않도록 수고를 아끼지 않으시는 한종수 선생님, 존경합니다. 오랫동안 같은 자리를 맴도는 사람을 묵묵히 읽어준 박소연 고맙습니다.

2020년 10월

정 재 운

한형석 연보

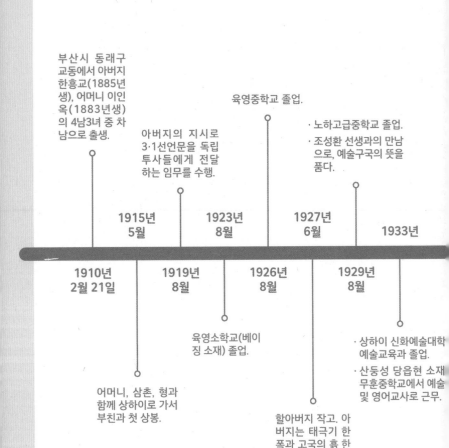

부산시 동래구 교동에서 아버지 한흥교(1885년생), 어머니 이인옥(1883년생)의 4남3녀 중 차남으로 출생.

아버지의 지시로 3·1선언문을 독립투사들에게 전달하는 임무를 수행.

육영중학교 졸업.

· 노하고급중학교 졸업.
· 조성환 선생과의 만남으로, 예술구국의 뜻을 품다.

1915년 5월

1923년 8월

1927년 6월

1933년

1910년 2월 21일

1919년 8월

1926년 8월

1929년 8월

육영소학교(베이징 소재) 졸업.

어머니, 삼촌, 형과 함께 상하이로 가서 부친과 첫 상봉.

· 상하이 신화예술대학 예술교육과 졸업.
· 산둥성 당읍현 소재 무훈중학교에서 예술 및 영어교사로 근무.

할아버지 작고. 아버지는 태극기 한 폭과 고국의 흙 한 줌을 건네며, 형석을 중국에 남긴다. 형석을 제외한 일가족 귀향.

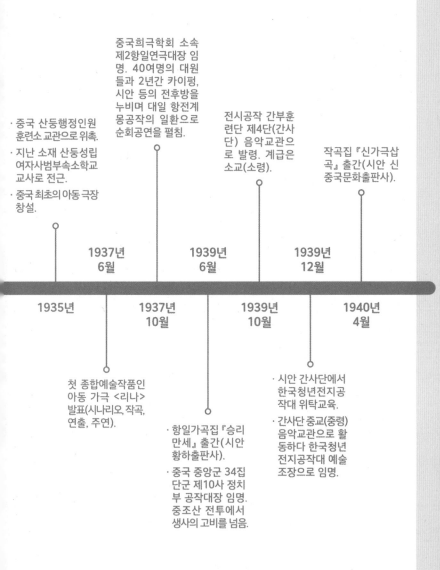

· 중국 산둥행정인원
훈련소 교관으로 위촉.
· 지난 소재 산둥성립
여자사범부속소학교
교사로 전근.
· 중국 최초의 아동 극장
창설.

중국희극학회 소속
제2항일연극대장 임
명. 40여명의 대원
들과 2년간 카이펑,
시안 등의 전후방을
누비며 대일 항전계
몽공작의 일환으로
순회공연을 펼침.

전시공작 간부훈
련단 제4단(간사
단) 음악교관으
로 발령. 계급은
소교(소령).

작곡집 『신가극삽
곡』 출간(시안 신
중국문화출판사).

**1937년
6월**

**1939년
6월**

**1939년
12월**

1935년

**1937년
10월**

**1939년
10월**

**1940년
4월**

첫 종합예술작품인
아동 가극 <리나>
발표(시나리오, 작곡,
연출, 주연).

· 항일가곡집 『승리
만세』 출간(시안
황하출판사).
· 중국 중앙군 34집
단군 제10사 정치
부 공작대장 임명.
중조산 전투에서
생사의 고비를 넘음.

· 시안 간사단에서
한국청년전지공
작대 위탁교육.
· 간사단 중교(중령)
음악교관으로 활
동하다 한국청년
전지공작대 예술
조장으로 임명.

· 작곡집 『낙원행진곡 삽곡』 출간(중국 대동서국).
· 단막극 <국경의 밤>, <한국의 한 용사> 창작.
· 항일아동가극 <승리무곡>, 항일아동시극 <하일대>, 아동극 <어린 양들> 등을 제작, 작곡, 연출.

『한국광복군가집』 1,2집 출간(시안 한국광복군 제2지대). 「광복군 제2지대가」, 「압록강행진곡」, 「조국행진곡」, 「출정」, 「아리랑 행진곡」, 「국기가」등 수록.

소속부대가 한국 국내정진군으로 개편(총사령관 이범석)

1940년 5월 22일~31일

1942년 12월 ~1944년 7월

1944년 3월 1일

1945년 9월 ~1946년 1월

1940년

1943년 10월

1945년

중국 시안 난위엔먼 실험극장에서 항일 가극 <아리랑> 초연. 수익금 4,102원은 군인들 하복제작비로 사용.

· 중국 시안 아동극장 창설.
· 산시보육원 예술학 교장 및 아동극장장.
· YMCA합창단 지휘.

중국군 부상병 위문모금 및 3·1운동 기념공연으로 시안청년당에서 4차 아리랑 공연.

한국광복군 제2지대 산둥성 지난지역 특파원으로 파견. 교포송환귀국사업 종사.

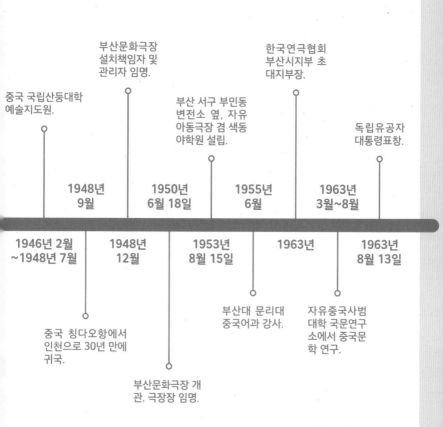

부산문화극장
설치책임자 및
관리자 임명.

한국연극협회
부산시지부 초
대지부장.

중국 국립산둥대학
예술지도원.

부산 서구 부민동
변전소 옆, 자유
아동극장 겸 색동
야학원 설립.

독립유공자
대통령표창.

1948년
9월

1950년
6월 18일

1955년
6월

1963년
3월~8월

1946년 2월
~1948년 7월

1948년
12월

1953년
8월 15일

1963년

1963년
8월 13일

중국 칭다오항에서
인천으로 30년 만에
귀국.

부산대 문리대
중국어과 강사.

자유중국사범
대학 국문연구
소에서 중국문
학 연구.

부산문화극장 개
관. 극장장 임명.

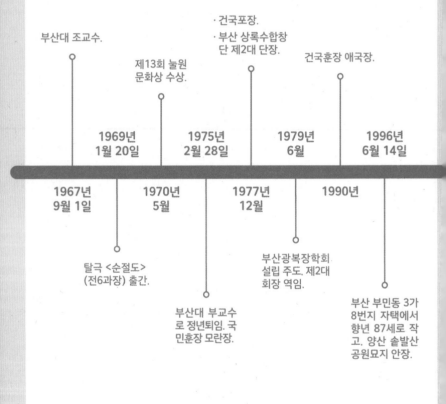

부산대 조교수.

· 건국포장.
· 부산 상록수합창
  단 제2대 단장.

제13회 눌원
문화상 수상.

건국훈장 애국장.

1969년
1월 20일

1975년
2월 28일

1979년
6월

1996년
6월 14일

1967년
9월 1일

1970년
5월

1977년
12월

1990년

탈극 <순절도>
(전6과장) 출간.

부산광복장학회
설립 주도. 제2대
회장 역임.

부산대 부교수
로 정년퇴임. 국
민훈장 모란장.

부산 부민동 3가
8번지 자택에서
향년 87세로 작
고. 양산 솥발산
공원묘지 안장.

6

인물로
만나는
부산정신

먼구름
한형석

ⓒ 2020, 정재운

지은이	정재운
초판 1쇄 발행	2020년 11월 5일
펴낸곳	호밀밭
펴낸이	장현정
편 집	임명선
디자인	스토리머지 정종우
마케팅	최문섭
등 록	2008년 11월 12일 (제338-2008-6호)
주 소	부산 수영구 광안해변로 294번길 24 B1F 생각하는 바다
전 화	070-7701-4675
팩 스	0505-510-4675

Published in Korea by Homilbooks Publishing Co, Busan.
Registration No. 338-2008-6.
First press export edition November, 2020

ISBN 979-11-90971-07-2 (43810)

그림 박경효 2020년